EL BALANCÍ

Marta Marín-Dòmine

Diré que m'ho he inventat

Edicions 62
Barcelona

Aquesta obra ha guanyat el Premi BBVA Sant Joan 2023
de literatura catalana, convocat per la Fundació
Antigues Caixes Catalanes.

El jurat del Premi ha estat compost per Roser Caminals, Najat El Hachmi,
Valèria Gaillard, Carme Riera, Francesc Serés i Joan Carles Sunyer,
com a secretari sense vot.

Aquesta obra ha comptat amb el suport de
les Beques d'Escriptura Montserrat Roig atorgades el 2020 del programa
Barcelona Ciutat de la Literatura de l'Ajuntament de Barcelona

Primera edició: setembre del 2023

Diagonal, 662-664. 08034 Barcelona
info@grup62.com
www.edicions62.cat

Fotocomposició: Grup62

DIPÒSIT LEGAL: B. 13.951-2023
ISBN: 978-84-297-8135-9

Certificat PEFC
Aquest llibre procedeix de boscos gestionats de forma sostenible i fonts controlades
PEFC/14-38-00305
www.pefc.es

Per a Josep Maria Panés Calpe

But in the cosmos there is balm
as well as bitterness, and that balm is nepenthe.

H.P. LOVECRAFT, *The Outsider*

I

EL TEMPS D'UN CONTE

NEPENTHE

Udolo en un paratge de postal en blanc i negre, és de nit i el parc sembla un bosc. M'assec ben a la vora d'un desnivell que separa un parterre de flors una mica alt i un edifici mig en ruïnes. Si pogués, faria un bot, elàstic i silenciós com els que fan les lleones quan la fam els tenalla les entranyes, i em plantaria dalt de tot del pavelló que va ser el darrer sojorn dels que anàveu a morir.

Em miro la paret, la palpo. Hi descobreixo unes petites cavitats, forats que han deixat les reixes que un dia algú va arrencar, hi endinso ara una mà ara un peu. La paret no és gaire alta, i la meva ràbia és musculosa, com la d'un cos d'atleta quan es concentra. Ara mateix, soc al capdamunt de la paret. Amb els dits escorxats, i me'ls llepo. Un gust de calç i de sang, un gust mineral que m'atia encara més la ràbia. Em descalço i amb els peus descobreixo trossos de vidre esmicolat. Es tracta del vell parany de protegir els murs per evitar els intrusos. Em poso dreta dalt de la paret i trepitjo amb fúria. Amb la boca oberta, perquè no he deixat d'udolar, els bocins de vidre se m'encasten a la planta dels peus i hi fan un brodat roig que m'autoritza a allargar el crit, i em cal cridar més i més fort, tant, que de la boca em surt un esgarip ultrasònic. Si hi ha algú que em mira —un enyorat que es passeja, un desorientat perdut en aquest paisatge— es deu pensar que no crido, sinó que tinc la boca badada, bavejant de fúria.

Ara vull obrir més la boca, però les barres no se'm separen. Sento una força gravitatòria que m'obliga a tòrcer els llavis en una ganyota de disgust. Encara vull cridar més, i quan agafo aire per intentar el gran xiscle final, el nas sucumbeix també a la força externa i es desfigura com si fos de fang, fins que pren la forma d'un bec d'aguilot. La sang que em brolla dels peus és densa i enganxifosa, una argamassa que té la qualitat del ciment, d'un color rogenc que griseja quan entra en contacte amb els carreus. M'assec a la gatzoneta, els braços arrapats al cos, els peus enganxats a la vorada. La mateixa força que m'estreny les barres, em torça els llavis i em deforma el nas d'ocellot, m'arrela també al mur, però em deixa el cos lliure de manera que se sosté gairebé horitzontal, com si volgués arrencar el vol. Des d'aquí puc comprovar el trajecte que he fet fins a arribar al capdamunt. I em miro el jardí.

Udolo. És un udol com cal, que esqueixa. Imagino, a l'altra banda del mur i del jardí, la gent tancant les finestres, tapant-se les orelles, els nadons que ploren, els vells que pressenten la fi del món i els adolescents que inhalen les darreres substàncies.

¿És que potser he aconseguit emetre el crit que farà sortir els tigres i les lleones de les gàbies i aniran folls a devorar vells i criatures?

Soc pedra. Penjo com una gàrgola immobilitzada en el posat d'emetre un crit. No sé si he nascut o acabo de desnéixer. Ara que ets morta, em cal re-sortir de tu. Emparar-me d'aquella força que et va serrar les barres abans de deixar-me sortir. Sortir, expulsar-te de mi amb el crit.

Udolar-te.

Em quedaré aquí penjada, sent pedra.

QUIMERES

Quan viatjava a París, es plantava davant de Notre-Dame i s'hi quedava encantada una llarga estona.

Hi havia alguna cosa en el seu posat absent que no es podia confondre amb la badoqueria del turista, ni tampoc amb la mirada entesa dels experts en arquitectura religiosa. De fet, tot i tenir els ulls clavats en les dues torres d'on penjaven les gàrgoles, si eres una persona prou observadora t'adonaves que M tenia els ulls congelats fixos en alguna cosa que escapava a la visió de la gent, un objecte que emanava d'una energia íntima i que en ella es mobilitzava quan s'aturava en determinats llocs: vora les aigües dels mars i dels rius, dels llacs, i també quan era a París. Hi havia indrets de la ciutat que l'apaivagaven perquè tenien el poder d'esmorteir-li les veus, com si allà algú de molt antic vetllés per ella. Aleshores s'encantava amb aquella pau de dins, com davant d'aquell temple fascinant, tan diferent dels edificis austers i sense creus que havia freqüentat la seva àvia quan era jove, i encara no s'havia mogut del país.

Després d'aquelles estades tornava a Barcelona calmada i alhora exhausta, com si hagués parit una ventrada de lleons. Al cap d'uns dies se sentia de nou l'ànima fresca, com deia ella: amb la sensació de tornar a ser ella, tot i no saber gaire bé què volia dir ser ella mateixa. Aquell era senzillament el resultat d'una pau física que com un do li permetia sentir-se una mica més a gust amb la vida.

Però no sempre podia anar a París a contemplar les gàrgoles, i el riu, i els carrers, i els parcs amb més aigua. De fet, hi anava ben poc, a París, perquè ara tenia una filla. Això volia dir veure's obligada a passar per períodes foscos, amb la sensació de viure empastifada en una mena de fang llefiscós.

Aquest desconcert de l'ànima i del cos es girava contra la filla, a qui feia responsable d'aquell mal negre que la posseïa. Aleshores era com una lleona que es retenia l'impuls de devorar la seva cria.

Va arribar un dia en què, volent salvar-se, la filla va aprendre a udolar. Per treure's la por, i fins i tot, ves a saber, si per una mena d'instint que només en algunes ocasions s'activa, per indicar a algú compassiu que allà hi havia vida. Va ser en una d'aquelles nits que s'allargassaven que la nena va obrir la boca com un peix i va esperar fins que li va sortir el crit. Cada vegada que sentia aquells crits, la lleona s'aturava i es permetia un bri de commiseració per la nena. Però l'atac era indefectible. Després, sense cap remordiment, tornava a les seves tasques. No quedava mai cap rastre d'aquella violència.

Diuen que van arribar amb la ràbia al cos. Havien baixat per Llemotges, procedents de París, amb trens que feien parades a moltes ciutats abans d'arribar a Bordeus i després a Tolosa, on van haver d'esperar un dia i mig. Van arribar, doncs, rabiüts a Barcelona, d'un viatge massa llarg, d'uns cossos que estaven de dol encara sense saber-ho perquè només tenien pressa: per trobar feina, per escapar de la pobresa, per oblidar la guerra.

Diuen que, un cop arribats, els va colpir —com si no s'haguessin aturat a pensar-ho abans— haver d'abandonar la seva llengua, una llengua que donaven per descomptada i natural, i que de mica en mica se'ls va anar fent com una nosa, un romanent, un signe que indicava que provenien del mateix lloc, i res més.

També van haver d'abandonar els aliments, la manera de cuinar, la de vestir-se i la de resar. Resaven poc, però resaven. Anaven a temples sense imatges, que altres protestants arribats abans que ells en aquella ciutat els van indicar, tot avisant-los que per a la gent del país allò era vist com una raresa. Geniüts, encara més, quan arran del primer mort de la família en terra aliena van tenir la certesa que no tornarien mai més al lloc d'on havien vingut. Desposseïts de l'esperança de tornar, es van passar encara d'una generació a l'altra la més insuportables de les ràbies: la d'haver d'acceptar que en aquella ciutat als morts no els era permès el contacte etern amb la terra, les bavoses i els cargols. I que ningú no els recitaria el salm que s'havien transmès els uns als altres: *Avant que les montagnes fussent nées, et que tu eusses créé la terre et le monde, d'éternité en éternité tu es Dieu. Tu fais rentrer les hommes dans la poussière, et tu dis: Fils de l'homme, retournez!* Abans que naixessin les muntanyes, abans que infantessis la terra i el món, des de sempre i per sempre tu ets Déu. Tu fas tornar els homes a la pols dient-los: «Torneu-vos-en».

Van arribar a Barcelona rabiüdes també les dones. De les agressions patides durant el viatge, d'haver vist morir de fam i malaltia els fills de les altres dones i emmalaltir els propis. Abaixaven el cap, amb l'esperança que les parpelles els fessin de tel per privar-se de veure tot allò per què passaven. Rabiüdes de ser obligades a oblidar. Pretenien no veure les taques a la roba tot i que la brutícia els venia de nou. Durant el viatge van haver d'oblidar la roba blanca i les puntes emmidonades, les cremes de mans per suavitzar les asprors, la colònia, les gases per a la menstruació i el lleixiu per rentar-les. Algunes havien partit cap a Barcelona amb una promesa de feina, com la Louise, que havia estat cuinera en una casa burgesa a Lió i després a París, i que ara, vídua de guerra amb dos fills, havia acceptat d'anar a viure a l'estranger a servir uns amos barcelonins que tenien un pis llarg i estret, amb una cuina que volien regentada per una francesa. N'hi havia d'altres, en aquell viatge, que en enviudar o quedar òrfenes, esporuguides i soles, havien acceptat una vida en un altre país.

El tren feia parades interminables entre les estacions;

més d'una vegada els va caldre transbordar i fer llargues esperes nocturnes a les sales dels passos perduts.

Aturant-se de vila en vila, van anar ignorant la brutícia. Sabien que feien pudor, tot i fregar-se les aixelles amb els mocadors impregnats de la mica de colònia que els quedava i que s'anaven passant les unes a les altres. Els nens s'adormien arreu. A alguns els pujava la febre en fer-se fosc.

Van arribar amb ràbia a Barcelona. L'estació de tren els va sorprendre per la semblança amb les que havien deixat enrere i en les quals havien mal dormit i patit dolors de ventre, marejos, desmais. Aquesta semblança les va confondre. ¿Com pot ser semblant, l'estranger? ¿I com pot afuar, allò tan semblant, la sensació de llunyania respecte del que tot just s'ha deixat per sempre?

La ciutat, com qualsevol ciutat desconeguda, els va ser de primer un vitrall de possibilitats sense cap superfície per retornar imatges conegudes, cap passatge on reconèixer els ecos de la pròpia veu. La ràbia no es tempera quan t'obliguen a callar. La ràbia circula de mares a fills convertida en nus a la gola; els fills aleshores es queden a les coves dels adults, embargats per una nostàlgia aliena.

M era hereva d'aquesta ràbia, portava una nostàlgia que només s'apaivagava amb la visió de l'aigua dels rius, com si l'aigua, que de vegades s'escola per boques subterrànies, evoqués alguna cosa del desconcert familiar.

De la llengua dels seus avantpassats n'hi quedava el gust dels sons i un domini que no amagava del tot un cert deix que ja pertanyia a les sonoritats de la llengua del nou país. A estones adoptava la cantarella de l'àvia i un no-séquè en el posat que feia que la gent s'adonés que venia d'un altre lloc: una peça d'un altre joc —la forquilla que esgarria la sèrie, el plat que cal agafar d'una altra vaixella quan els convidats són més del compte.

M havia nascut a Barcelona, va venir a aquest racó de món amb un somriure petit i ja absent —un àngel, dirien— i els ulls molt clucs, decidida a no obrir-los. Quan ho va fer, empesa per una força que no podia controlar, els desviava de la mirada dels altres, com si els ulls aliens poguessin devorar-la. Va esmerçar tota la seva vida a evitar-los.

Els rius la calmaven, però en realitat el que l'atreia eren els salts d'aigua, i les vegades que sortia tota sola per fer llargues caminades, davant de la vista de les cascades s'havia d'aferrar al que tenia a mà —una barana, una roca—. Sempre havia dit que li hauria agradat veure les cascades que es trobaven en continents on no va viatjar mai.

Entrada l'adolescència, M es va recloure. Va fer passes per estimar, però van ser incertes. De més gran, va acceptar l'amor sempre que anés acompanyat de sacrifici. Era l'única manera que entenia aquell vertigen de donar-se a l'altre. Empolainada, sempre de vint-i-un botó, un rober magnífic, vestits impecablement acabats, planxats i desats en fundes dins d'armaris perfumats. Eren la seva cuirassa, una manera de ser al món. De lluir, de trobar una guspira, un llampec, una resplendor. Aquesta existència, però, se li va anar fent insuportable a mesura que cada vegada més sovint se li imposaven les veus i les visions. El que de petita havien estat episodis esporàdics en què veia formes als racons, o bellugar-se els plats arrenglerats al bufet quan s'aixecava de nit a fer pipí, va fer-se més habitual de jove, quan les veus van desplaçar les ombres i els objectes, i aleshores la van començar a obligar a seguir unes ordres que ella sentia que havia de complir sense dilació i fins a l'extrem de posar en risc la seva vida ja que les veus li van arribar a exigir que deixés de menjar. Quan el seu primer xicot va morir de tuberculosi, es va passar mesos veient una llumeta al sostre de l'habitació a la qual parlava de pensament.

Atabalada i confosa per les veus, els objectes i les llums, es limitava a fer la seva feina, lluny de tothom. De tant en tant, un viatge a la ciutat de la família esmicolada aplanava el camí. Després, tornava a Barcelona polida, neta, com deia ella. Però, en un racó, encara li quedava la ràbia; una ràbia que la mateixa ciutat li atiava.

Aquells viatges la van fer adonar-se de seguida que les dones de l'altre país eren més desimboltes, menys primmirades, més agosarades. A Barcelona hi havia una mena de constrenyiment pel sol fet de ser dona. M es ressentia de les mirades de reprovació quan esclafia a riure en públic, o pels vestits que duia, llampants i de tirants prims en un ambient on l'austeritat i la màniga era de rigor, o pels pantalons, quan aquí encara eren una peça limitada a les més agosarades, o pels cabells esbullats, mentre que la majoria de les dones semblaven sortir sempre de la perruqueria.

Tot i així, va ser la primera de la família a estimar-se aquella ciutat. Va trobar camins per anar a la seva. Les paraules *marit* i *fills* li van ser sempre alienes. Es va buscar, per tant, companyies que no estiguessin travessades per aquella domesticitat. Va arribar a tenir dues o tres amigues molt properes —i unes quantes més que ho haurien volgut ser perquè M es feia admirar per aquella manera desacomplexada de reaccionar davant les prohibicions, o les manques de respecte dels homes, i també per la seva pell bruna, i les dents tan perfectes i blanques, i la cabellera que li arribava a les espatlles, i la gosadia, i aquella vida secreta de viatges i amors fugaços, si bé les noies els intuïen perquè no s'amagava de fer-se acompanyar a casa per un home quan sortia de nit.

Tot i que M refusava el contacte amb les dones —no li agradaven les carícies a les quals semblaven totes tan propenses—, tenia tendència al sacrifici, també amb els homes. En més d'una ocasió havia tingut cura d'alguna amiga malalta. En aquelles situacions no estalviava temps. Preparava els menjars, les rentava. Nit i dia si calia.

Les amigues l'adoraven. Era com estar al costat d'una reina. M les duia als balls, els feia descobrir llocs on les noies s'arriscaven a ser mal vistes, fins i tot a nedar en poblets que quedaven ben lluny de la ciutat i que elles creien reservats a la gent rica. M era invulnerable a aquestes convencions de classe. Elles la seguien, tot i saber, com ja els havia passat a d'altres, que corrien el risc de ser abandonades en qualsevol moment. Tal com fan les reines en els contes.

S'ho coneixia i per això en tenia la certesa. Els pits li feien mal, es marejava i la carn semblava que volgués eixir-li per les costures dels vestits. M passava unes nits terribles, però els dies se li feien també insuportables. A mesura que passaven els dies, notava que se li inflaven les mans i les cames. Era una rodonesa incòmoda, que robava gracilitat a un cos acostumat als moviments lànguids i llargs, als salts intempestius, a travessar racons sense ser percebut.

No se sabia avenir d'un nou descuit. El que més li dolia era haver d'admetre la poca sincronia entre el cos i el cap, entre la raó i el desig. Error d'incontinència que venia a assenyalar amb un índex llarg i punxegut la seva responsabilitat per haver fallat a controlar la carn execrable. Ara calia enllestir dues coses: la primera, imperiosa, treure's de sobre allò que se li havia clavat a les entranyes. La segona, en canvi, demanava un temps de reflexió. Calia domar el cos i aprendre a satisfer-lo limitant-se a atiar el foc en els altres: fer bullir els homes fins a la combustió i després llançar-los a l'infern sense haver de cedir.

Mentre maquinava com recuperar el control del seu cos, se li va acudir furgar-lo, com altres dones feien en aquella situació. Sí, calia posar-hi remei, tot i el poc remei que la cosa tenia: si no se la treia, aquella maledicció que ara ja li coïa a l'úter se solidificaria, i si se la feia extirpar, deixaria cicatriu. Escarificació, queloide, cicatriu foliar.

No era la primera vegada, ni la segona. Procediria com sempre. Arribaria a París amb el tren de nit. Tot i que l'operació era clandestina també allà, passada la frontera se sentia més lliure, menys vulnerable. Sortiria de casa de nit per anar a trobar la persona que li havia d'obrir el canal i extreure-li allò que —deien— encara no tenia ni la mida d'un pèsol.

Ara, davant del mirall, es veia la panxa bombada, retenint aigua com un animal del desert.

Sabia de dones que es colpejaven frenèticament el baix ventre amb l'esperança que allò tan remenut es desprengués i rodolés sota la forma de coàgul. Ella, no. Volia preservar el seu cos. Perquè el seu cos, el que era visible, ella se l'estimava. No volia que el fes malbé aquella cosa que creixeria fins a esberlar-li la pell i dibuixar-hi rierols. Ja la sentia, podia sentir com aquella nosa empenyia els òrgans —no només els de vora la matriu, sinó el cor, els pulmons, el cervell.

Dies després, M arribava a París de bon matí i s'installava en un petit hotel de la Rue Cujas, on passava desapercebuda entre viatjants de comerç, alguna turista nordamericana i estudiants que comentaven les notes al salonet que donava al menjador. Del pis de més amunt, que era l'habitació que llogava sempre, veia un bon tros de la Sorbona, il·luminada a les nits com si al voltant haguessin encès milers d'espelmes. La façana imponent, i la vista de les aules buides que entreveia des de la petita cambra, li produïen una sensació de pau que no trobava a Barcelona, on tot era atapeït. De dia es tancava en aquella habitació, amb els ulls ben oberts, esperant que passessin les hores per damunt de les ombres allargades que es reflectien al sostre.

Aquesta vegada havia demanat a la mestressa de l'hotel si li deixaria entrar a la cuina a fer-se un te. D'allò que semblava una mica de farigola barrejada amb marialluïsa en sortiria una tisana feta de ruda, absenta, artemísia, milfulles i un tros de banya de sègol. Una dosi concentrada per afavorir les contraccions i ajudar a desprendre la maledicció que se li arrapava a dins. A la tarda, M havia escalfat l'aigua i escaldat les herbes, que escampaven un tuf que va haver de dissimular preparant immediatament cafè. Després va pujar a l'habitació i es va estirar al llit a esperar que el capvespre empenyés les ombres i que la barreja li fes efecte. Mirava les seves formes i llargades canviants. Volia estar desperta quan allò brollés del seu cos, no pas perquè ho volgués per a ella —allò ja era una deixalla— sinó per assegurar-se que no reviuria en algun altre lloc.

Ja entrat el capvespre, M va sortir de l'habitació. Feia una hora llarga que li havien començat els dolors al baix ventre. Es va dirigir cap a un edifici anodí, el mateix on havia anat altres vegades. Qui l'atendria era una dona que havia baixat del districte 18è, a tocar de Montmartre, per reunir-se amb una altra que l'assistiria en aquella operació fosca per força. La van fer esperar en una saleta que tenia totes dues finestres amb els porticons tancats, i durant l'espera M va començar a recargolar-se de dolor. Quan ja li semblava que la maledicció li clavava les urpes al fons de la matriu, una veu la va cridar perquè entrés en una habitació sense finestres. L'assistenta li va dir eixutament que es tragués les calces i s'estirés al catre, la remeiera li va fer un gest perquè obrís les cames i li va agafar el genoll dret.

Li van donar una bola feta amb parracs de tovallola perquè la mossegués si li venien ganes de cridar, i sense cap mirament la remeiera li va entaforar els dits a la vagina. M no va dir res perquè li va semblar que aquell gest accelerava el final, però la dona li va dir que encara no, que aquesta vegada les herbes no havien fet efecte. La van fer llevar i la van tornar a la saleta. Al cap d'una estona l'assistenta li duia un got d'aigua i una càpsula: sals de plom, li va dir en veu baixa, tot i no haver-hi ningú més. Es tractava d'un abortiu que havien començat a utilitzar les obreres angleses a principis de segle i que als anys cinquanta s'aplicava a França de manera clandestina.

M, sola en aquella sala encofurnada, va començar a gemegar. S'inquietava perquè no sentia que evacués la maledicció, perquè no li brollava la sang. Ara hauria volgut anar-se'n, agafar el tren de tornada, viatjar en la fosca i descordar-se la brusa al compartiment, canviar-se de roba, recargolar-se a la llitera. Sola. Per un moment es va imaginar quantes altres dones estaven passant en aquell instant pel mateix que passava ella. Quantes més hi havien passat. I va tenir por de morir, por també de ser descoberta. Algú li havia dit que l'any 1943, en plena ocupació alemanya de la ciutat, havien guillotinat una dona i un home per haver practicat avortaments: Marie-Louise Giraud i Désiré Pioge, dos noms que li havien quedat gravats.

L'assistenta va obrir la porta quan M acabava d'alçar-se i descobrir que havia deixat una taca vermella a la cadira. Un cop estirada, la remeiera li va prémer la panxa amb els punys, buscant un punt precís, i va empènyer cap avall. Al cap de poc la sang començava a regalimar; no caldria l'espèculum, aquesta vegada.

Quan ja anava a sortir, li van donar tres tovalloletes i

l'assistenta li va dir que anés amb compte de no fer taques: no havien de deixar cap rastre.

No deixar cap rastre. En una de les visites a París, M havia descobert en una llibreria de vell al costat de la Sorbona el *Manuel complet de médecine légale* de Joseph Briand i J. X. Brosson, publicat el 1836, i on se citen les tres categories de monstres establertes per Buffon per classificar els fetus anòmals. Quan M va tenir a les mans aquell exemplar enquadernat amb tapes d'aigües de color de vi granat, el va obrir pel capítol que detallava els procediments legals i mèdics aplicats per establir la categoria del delicte en funció del tipus d'avortament i el desenvolupament del fetus. En sortir de la casa de la remeiera i anar cap a l'hotel de la Rue Cujas, va recordar haver-hi llegit que als fetus avortats els anomenaven *corps du délit*: el delicte a les entranyes.

Ara era ella qui novament havia vençut. Ho va poder comprovar en mirar-se la tovallola un cop va haver tornat a l'habitació. Un gran coàgul es va escolar vàter avall, privant-la de la certesa de saber què era allò que havia deixat anar. Va recordar que al manual de medicina es deia que els experts estaven obligats a furgar en les restes per determinar-ne la configuració, seguint els preceptes de Buffon, per saber si el que s'havia avortat entrava dins la categoria de monstres.

M creia haver sentit dins seu la polsegada de dos cors, les urpes arrapades a la carn. Ara, la son li tancava els ulls —ja no calia estar a l'aguait— i va adormir-se feliç amb la certesa que la faedora havia convertit el monstre en àngel.

UN INTERVAL DE LUCIDESA

Un dia de juny, al cap d'un any de l'encontre amb la remeiera de París, M va tenir una trobada fortuïta amb una dona embarassada. La va veure a l'altra vorera, alta, recolzada al pal del semàfor. La seva actitud no denotava cansament, més aviat semblava haver adquirit el posat d'una estàtua reclinada per exposar a la vista del món la mobilitat del maluc, la rodonesa de l'espatlla i l'amplitud del ventre, que li ocultava la forma de les sines sota un vestit negre esquitxat de flors vermelles. Quan el llum va canviar de color, la dona va avançar cap a ella amb un halo verdós als cabells com si la resplendor del llum hagués trobat un breu repòs damunt del seu cap i ara caminés amb una aurèola incorporada. Deessa de la primavera.

Va ser en aquell moment, creuant-se en direccions contràries, que M va sentir l'olor de la dona, i amb l'olor alguna cosa li va quedar colgada molt endins, com una pedra, però una pedra tendra com un tros de carn. Aquella era una olor ni bona ni dolenta, de terra humida coberta de molsa verdíssima esperant ser arrencada. En aquell mateix moment M va prendre la determinació de quedar-se, ella també, embarassada. Donaria a llum una nena. I seria en primavera.

Pocs mesos després, M va saber que estava embarassada per quarta vegada. Aquest cop no va pensar a agafar el tren de nit perquè ara el món s'havia fet inesperadament lluminós. No tenia necessitat ni de metges ni de remeieres. Avançava com una deessa tota ella impregnada d'una certesa: que més enllà del seu úter tot era banal. Quan caminava pel carrer, els homes que passaven encorbatats li semblaven ridículs i poca cosa. Un dia es va marejar al tramvia i va caure damunt d'un jove que la va ajudar a seure. Ella li va donar les gràcies i, triomfant, va afegir que estava embarassada.

M va tenir la confirmació que allò que li creixia era una nena el dia que entrant al Rigat, on acudia tres nits per setmana, un home li havia ofert una gardènia abans de treure-la a ballar: aquella blancor volia dir que la pedreta era una nina a qui vestiria curta i de blanc, a qui passejaria, a qui pentinaria els rínxols fins a fer-ne una corona verda.

Al cap d'unes setmanes, M va descobrir que no es podia cordar els vestits de ball. Al cap dels mesos eren els vestits de cada dia que li tibaven fins a fer inútil la cotilla encarnada sota els pits com una ungla gegant. Aquella panxa que al principi havia acollit amb entusiasme ara li feia nosa per a tot, per a l'amor i per a la vida quotidiana. Sentia un petit alè que li respirava pel melic, aquell forat cada dia més gros. Aleshores es tombava panxa enlaire, oprimida per la massa compacta que li empenyia els costats com si volgués esqueixar-la. No sabia què se n'havia fet, de la pedreta carnosa, i més d'una vegada havia anhelat la faedora d'àngels. Però era massa tard. I, a més, sovint s'engrescava pensant en la nena nina, s'entretenia brodant-li camisetes, una capa, arreglant-li el bressol perquè es trobés entre núvols, al cel del més enllà, del silenci, al cel dels àngels de debò a qui reses, dels àngels eternament adormits.

Per posar a reposar els pensaments foscos, M va agafar un volum gruixut que havia comprat a París: mitologia grega il·lustrada. Passava les làmines lentament, imaginant-se com devia ser tocar la suavitat del marbre polit que representa tan acuradament el greix sota la pell i el múscul que la tiba. Observant aquelles imatges, apropiant-se-les, esperava encomanar alguna cosa d'aquella harmonia al seu cervell, i d'allà, com qui destil·la saba, enviar-la al ventre. Aquell va ser, sens dubte, un dels pocs regals de M a la filla per néixer. Després es va anar perdent per laberints foscos d'on no va sortir mai més. Les bèsties de cova són pràcticament cegues. És per aquesta raó que M no va acabar mai de veure del tot la nena, semblava que en veia només fragments, petites parts del cos que embolicava amb farbalans i puntes per ocultar la llum que irradiava el cos sencer.

Unes hores abans del part, en un intent d'ajornar l'inevitable, de superar la por de descobrir un cos al qual encara no havia posat nom, va decidir pujar al terrat i estendre tota la roba negra que tenia: una estesa de corbs. Una veïna se la va trobar a terra, panteixant, amb les cuixes molles, obrint i tancant la boca com un peix fora de mar.

Amb l'ajuda dels altres veïns la van dur a l'Hospital dels Remeis, on vaig néixer una matinada de quasi primavera. La llevadora va dir que tenia pressa d'arribar, que estava completament feta tot i no haver complert els nou mesos de penombra, i que per això no calia l'escalf de la incubadora. Diuen que al voltant del llitet hi havia dues veïnes i un veí que miraven encuriosits. Aquella nit havien nascut quatre mascles, i jo, l'única femella. Després del part, M va caure en un son que va durar hores. La van haver de despertar a bufetades. Quan l'endemà li van lliurar la nena, M de primer la va rebutjar. Li feia por aquell cos tan petit, amb una boqueta que ella imaginava de hiena. Després, però, quan la van deixar sola amb la nena, va acostar-se-la al cor per intentar donar-li el pit, un pit que ella creia eixorc.

M es va atansar a la nena i li va venir l'impuls de comprovar que en aquell cos petit no hi faltés res. De sobte, va sentir una gran tendresa comptant-li els dits dels peus i de les mans. Hi eren tots, com també un nas ben fet i uns ulls que semblava que serien immensos i que ara estaven tancats, resistint el trànsit del dins al fora. Es va sentir alleujada. Eren ulls que no miraven, que no sabien mirar encara, ni orientar-se, ni demanar ajut tal com fan els animalons desvalguts. Ulls closos. Aquella era la seva pedreta de carn, la seva nina.

Diuen que després d'un dia que va ser molt llarg, quan la nena va obrir una ratlleta de parpella, M li va agafar una mà, se la va ficar a la boca, i va començar a xuclar-la, goludament. Diuen que sort n'hi va haver d'un pretendent ballador que havia vingut a visitar-la i que en sentir els crits del nadó va córrer a avisar les infermeres. M li havia arrencat dos ditets de la mà esquerra, la del cantó del cor. Un dia, quan la nena ja era gran, M li va dir que allò va ser perquè li hauria agradat retornar-la dins, com fan les serps.

Diuen també que aquell pretendent ballador que havia vingut a visitar-la se'n va anar de la clínica espaordit, sense pensar a donar-li la gardènia per celebrar que havia portat al món una nena.

LUPERCA

Va escopir els dos dits de la boca ensangonada. Eren tan menuts que van considerar que la feina de cirurgia meticulosa que hauria calgut per cosir-los a la maneta de la nena hauria tingut poques possibilitats d'èxit.

Van classificar el cas d'alienació transitòria, seguida d'un estat de postració que va requerir dos mesos d'allitament. M va passar de la sala de maternitat a la de psiquiatria. Li van prendre la nena amb el mandat de no retornar-l'hi fins que donés mostres de serenor psíquica, i també li van restringir les visites. La mare i la germana es van fer càrrec del nadó, que semblava un ocellet amb una ala ferida.

Al cap de dos mesos, quan ja s'havia oblidat del regust de sang a les genives i es tornava a sentir més ella, M va començar a neguitejar-se, tenia una sensació de buidor: per primera vegada enyorava la nena.

Ara la deixaven sortir a fer voltes pel jardí, i fins i tot podia recórrer les galeries de la seva unitat. La vigilància no era pas extrema, de manera que una tarda que feia la passejada per aquells llargs passadissos, es va sentir impel·lida a visitar la sala de nounats, que sabia que era al pavelló del costat, el qual s'unia el seu a través d'un pont interior.

No va ser pas difícil de trobar, perquè els plors se sentien des del passadís, però es va marejar. De sobte, va notar com una dentada al clatell que li va encarcarar l'esquena i l'obligava a tirar el coll enrere per desfer-se'n. Va aconseguir caminar i estintolar-se a la paret amb ganes de fer-se invisible. Sabia que si el personal de l'hospital la trobava en aquell estat l'obligarien a tornar a la sala i que fins i tot acabarien augmentant-li la dosi de la medicació.

Quan es va haver tranquil·litzat, va tornar a caminar normalment i es va aturar davant del finestral per on es veia la filera de nadons als bressols. Va ensumar el vidre que la separava d'aquells cossos menuts, intentant esbrinar si, per un error, no havien tornat a portar la seva nena en aquella sala. Aleshores, va començar a neguitejar-se de nou. Brandava el coll com una fera que es vol desprendre d'una nosa. Mantenia el cap alçat, per flairar, buscava desesperadament aquella olor que havia sentit en el part, quan li deien que la nena estava a punt de treure el cap i a ella li va venir una bravada de sang inesperadament dolça. Sang seva, sang de totes dues, grumoll que ella s'esforçava per retenir, no pas com havia fet altres vegades a París, que l'únic que volia era treure's la nosa. Durant el part, en canvi, s'havia delectat amb la glopada que li brollava d'entre les cames, amb aquella olor de sucre inflat i les ganes de xuclar-la cap endins. Es va desconcertar en notar una força immensa que empenyia en sentit contrari. Ara, en comptes de nas se li havia fet un musell de lloba i aspirava arreu per retrobar aquella olor. Quan va veure que una malalta se l'estava mirant estranyada, va comprendre que li calia comportar-se. Als metges, els havia de fer entendre que ja estava guarida i així obtindria el permís per tornar a casa, amb la seva filla.

L'olor dels nadons li havia dut a la memòria la sala del part, sortia, li deien, ja falta poc!, cridaven. I ella pensava que no era que sortís, sinó que sense voler se li escapava.

M havia entrat en un estat de gran agitació; el metge va decidir administrar-li una injecció intravenosa de 50 c.c. de pentotal sòdic, i en vint-i-cinc segons va perdre la consciència.

M s'havia deixondit quan ja no tenia res a dins. No va sentir, doncs, els primers plors del nadó. Amb la voluntat d'extremar les precaucions, a l'hospital van decidir no ensenyar-li la nena fins al dia següent. Després del part, M havia caigut en un estat de gran fatiga. Va intentar aixecar-se del llit, però no va poder, ni tan sols alçar el cap del coixí. L'única persona a qui va veure va ser la seva mare, que li posava una mà al front i li deia que tot havia anat bé, que li havia nascut una nena. M va somriure, ja ho sabia, que era una nena, va dir, i va girar-se i va tancar els ulls.

L'endemà, sola a l'habitació, es va sentir traïda. Li hauria agradat agafar-se a la mà del seu pare, com havia fet de petita cada cop que queia en la tristesa i els seus ulls, d'un bru compacte, se li perdien en un punt inconcret. Aleshores el pare se l'enduia al rec perquè hi tirés pedretes. La nena s'enyora, deia el pare als veïns, i quan els veien passar ja sabien on anaven. Allà, a tocar de l'aigua, amb la butxaqueta del davantal plena de pedres, M les llançava d'una a una, delicadament. La nena tenia poca força i les pedres no arribaven gairebé mai a tocar l'aigua fent rodal. Tot i així, el que la calmava no era pas el so de les pedres topant contra l'aigua, sinó la visió de la trajectòria que feien en la seva caiguda. A poc a poc, la butxaca se li buidava, es mirava el pare que li tornava a agafar la mà, i en silenci reprenien el camí de tornada a casa. El pare estava cada vegada més convençut que la filla pertanyia a la classe d'éssers especials que poden percebre coses que la resta d'humans no arriben a conèixer. Una veïna que se l'estimava li passava la mà per la cara quan la veia trista i deia, ¿que no veieu que s'enyora dels àngels?

Ara M no tenia cap mà de qui agafar-se, però en canvi hi havia moltes mans que la tocaven sense gaires consideracions. Aquestes mans d'ara pertanyien a éssers que anaven de blanc i de qui no distingia les cares i en confonia les veus. De vegades se li atansaven, i aleshores els veia els ulls i els preguntava on era la nena. Un dia que els pits li rebentaven de dolor, va posar-se a xisclar dient que volia la seva nena, que li tornessin la seva coseta, la seva carn. L'equip de l'hospital va consentir després d'haver arribat a la conclusió que el desig de M indicava una recuperació notable de la malaltia.

Pocs dies després, una de les figures blanques va entrar a l'habitació, es va acostar a M amb un farcell i li va dir, Mira, la teva nena, ¿ja saps quin nom li posaràs? M va respondre que li posaria Laura, coronada de llorer. No va dir-los, però, que per a ella la nena es diria Olga, la que és eterna.

M va tenir dificultats per alletar la nena. Cada cop que se li arrapava al mugró, sentia un gran dolor i angoixa. M només aguantava uns minuts, mentre tenia al davant aquelles figures blanques que venien a controlar-li cada gest. Un cop sortien de l'habitació, M arrabassava el pit de la boca de la nena sense que hagués tingut temps de mamar. I així tres, quatre, sis vegades. Era aquella una criatura ploranera. Els seus crits li serraven el cervell, i la boca se li omplia de foc. Li havia sortit dolenta, aquella nena. La tenia contra el pit turgent, la cara gairebé a tocar de la seva, com qui mira entre encuriosit i temorenc una bestiola, quan la nena, buscant el mugró, li va acostar la maneta com si volgués tocar-li la boca. A M li va semblar que la tocava una estrella de mar menuda, verinosa. I va ser així que li va agafar la mà i va començar a xuclar-la. Va sentir que els dits de l'estrella es desprenien amb facilitat dins la boca, com la carn tendra i ben cuita que se separa de l'os. Espantada pels crits de la nena, va alçar la vista i va veure al llindar de la porta la figura d'un home que li era familiar i que va desaparèixer gairebé a l'instant. No van trigar gaire a venir les figures blanques, que li van arrabassar la nena mentre a ella la immobilitzaven. Va sentir una punxada a la natja i va notar que el verí li pujava a la boca i en pocs segons un espasme li va fer escopir els dos dits, i tot recordant que a les estrelles de mar els tornen a créixer els braços, es va adormir.

Ara que ha descobert la sala de nadons, ha decidit fer bondat. Ser mesella, preguntar per la nena i fer-los entendre que té ganes de cuidar-la.

De fet, l'informe dels metges indicava que l'estat de M millorava, que reaccionava adequadament a la dosi quotidiana de cloropraxim, de manera que van decidir passar de la dosi injectable a la dosi més baixa dels comprimits. A M li agradava aquella capseta metàl·lica, tan familiar de tractaments anteriors, on s'hi llegia, com un poema, *500 comprimidos. Largactil. Société Parisienne d'Expansion Chimique*, i saber que venia de París. Com els nens, va pensar, i es va posar a riure.

No diferenciava la nit del dia, la llum de la tenebra. Somiava sovint en els jardins de l'hospital psiquiàtric de Sainte-Anne envoltats de galeries, una ciutat dins la ciutat. En les estades que hi havia fet de jove, quan la seva àvia Louise l'encomanava als parents, que indefectiblement l'acabaven ingressant, havia trobat agradables els passadissos de colors alegres, tot i que traïen la voluntat d'amagar la realitat dels pacients, la majoria dels quals es limitava a escoltar el llenguatge dels planetes. Un dia M es va adonar que podia fer una petita trampa. Ho havia vist abans durant el rodatge d'una escena en què va interpretar el personatge de cambrera d'un malalt, i ara veia que podria repetir-ho fora del plató: es tractava de fingir que s'empassava les pastilles retenint-les entre la galta i els queixals tal i com ho havia fet l'actor amb qui havia coincidit. Aquell vespre, l'últim que passava a l'hospital perquè havien decidit donar-la d'alta, va fingir novament que s'empassava la píndola i va somriure amablement a la infermera, te'n vas, M, ¿estàs contenta? Ella va fer que sí i va donar a entendre que volia dormir. Quan la infermera va haver sortit, va treure's el comprimit de la boca i el va amagar a la bosseta del maquillatge amb tots els altres. Vint-i-set píndoles com vint-i-set inferns, que li haurien xuclat l'ànima. S'estimava més sentir les veus de tant en tant, el desori del seu cervell, i estar en pau i en guerra amb àngels i dimonis.

L'endemà fa la bossa: el maquillatge, les mudes, el vestit ample, el banyador de setí que ha dut per comprovar si encara li va bé després de parir, uns guants de seda i un moneder.

A la tarda, es posa el cosset, les mitges, el vestit al voltant del qual es passa un cinturó, es calça les sabates de taló d'agulla i surt del recinte sense acomiadar-se de ningú. El metge l'ha vingut a veure de bon matí, això és tot. Ara només ha de baixar les escales i sortir al carrer.

Sent un dolor sec a l'entrecuix. Fa camades elàstiques, és una equilibrista que avança damunt de ganivets. Camina menjant-se la vorera i s'impregna de l'aire del capvespre. Una llamborda desencaixada li mossega el taló, que se li desprèn de la sabata. Sense rumiar-s'ho, es treu l'altra i amb totes dues a la mà arrenca a córrer.

Quan arriba al portal de casa, descalça i panteixant, tremola. Toca la mà del picaporta, petita i rodona, amb els dits corbats com un monyó: dos pics i repicó. Del replà del segon li obren la porta estirant un cordill. Duu als pulmons tot l'aire dels carrers, però per un moment s'adona que no respira. A cada graó que puja, una punxada als peus. Veure l'Olga, la seva ànima.

UNA FOTOGRAFIA QUE CREMA

Quan la nena compleix cinc mesos a M li agafa la dèria de fer-se fotografiar. No pas per veure's amb la nena, sinó per l'afany de tenir una sola imatge que resumeixi els sentiments confusos i contradictoris que sent, una imatge per poder veure on acaba el seu cos i on comença el de l'Olga. Una imatge per poder mesurar el grau de la seva pròpia independència.

Intueix també que és a través de la fotografia que podrà arribar a mirar-se-la, aquesta nena que es fa gran i li fa l'efecte que se li arrenca de dins, tota sola. De tant en tant, la nena li somriu, com si esperés d'ella una ganyota semblant, però M, congelada per aquell somriure, ha d'alçar els ulls i mirar lluny. Aquella boca, com un foradet obert al món, la desconcerta. Estant embarassada no havia previst l'efecte que tindrien aquells enriolaments, i ara de manera inesperada la nena descobria el món dels objectes i dels éssers, ara una mosca, ara una punta de coixí, i reia, i reia.

M també s'ofusca quan la nena, cansada de no rebre resposta als somriures, plora i xiscla. Aleshores, l'agafa, se l'enduu a l'habitació i l'estampa contra el llit, esperant que reboti, i en el rebot la nena vola, i en el vol alça les manetes, una amb els dits corbats, com si l'aire li fes de nansa, l'altra amb els tres dits que li queden, ben drets assenyalant el cel. M observa com el petit cos fa un últim rebot i els xiscles s'aturen. La nena obre la boca, però de dins només li surt l'alè, com si ja hagués après a contenir-se, a fer-se encara més menuda.

Un cop quieta, M se li acosta i l'ensuma. Fa olor de cadell, i també de sorra, de mar, i una olor insofrible de cova. El mirall del tocador li retorna la imatge d'una lloba ensumant un cos petit encongit per la por. L'asserena la distància entre elles i la imatge que projecten. Llavors, s'acosta la criatura al cantó del cor i per primera vegada l'alleta. La nena, sorpresa, xucla el mugró sec. M l'observa al mirall, incapaç d'abaixar la vista per retrobar uns ulls que ja s'han obert al món, un món que desconeix i que ella troba massa ple de brutícia. Un món que hauria de quedar net com la superfície impecable on ara s'emmiralla.

Fer-se una fotografia, anar de les tenebres a la llum. Fer-se una fotografia, una de sola, per capturar aquesta llum, per poder-se explicar, es diu M, d'on ve això que la colonitza. Olga. S'ho diu la lloba anant amunt i avall del corredor, tundra, taigà. Mentrestant, la nena, esgotada, s'ha adormit.

Fer-se una fotografia per entendre això nou i viu que la sedueix i la destorba, que l'enfureix i l'endolceix. Fer-se una fotografia per poder regnar en el desordre.

I ve el dia que el retratista es presenta amb una càmera grossa, que a M sempre li ha semblat massa vella i massa negra, massa andròmina. L'home regenta un estudi amb un aparador on exposa les fotografies més reeixides. N'hi ha que s'hi estan mesos. Una de M en banyador de color maragda s'hi va estar tot un any, circumstància que es va afegir al relat concupiscent que els veïns han anat fent-se d'ella.

A M sempre li ha agradat posar davant d'una càmera, dreta, amb un genoll lleugerament flexionat per permetre que el maluc del cantó oposat s'alci una mica i així poder dissimular la panxa. Per més que el fotògraf insisteixi, no li surt de somriure. No entén a qui ni per què ha de somriure. Només li interessa veure'n el resultat, una pista que li reveli alguna cosa de si mateixa, però sempre acaba mirant-se les fotos amb estranyesa com ho faria un simi amb un objecte desconegut.

El fotògraf s'ha sorprès en veure la nena. Laura, li diu M, es diu Laura. M espavila la nena, que mira a banda i banda, desconcertada. Somriu al fotògraf, que li fa una manyaga. M li aparta la mà d'un cop sec, com qui renya un nen. La nena no es toca, li diu. Acostumat als seus rampells, el fotògraf intenta temperar el moment i proposa sortir al jardí per fotografiar-les al costat de les flors. M diu que no, que es quedaran aquí mateix, assegudes al llit, de cara al tocador, i que faci el favor de fotografiar-les a través del mirall. M s'asseu la nena a la falda, que ara ja s'aguanta amb l'esquena dreta. Dues femelles mirant el mirall; si pogués diria a la nena que no respirés, de quieta que la vol. El fotògraf es col·loca darrere d'elles. M assenyala el mirall amb el dit perquè la nena miri endavant, i amb l'altra mà li tapa la mà esquerra, que no es vegi la ferida, l'ala escapçada. Un tret fulminant de la càmera les encega durant dos segons, la nena amb l'ensurt fa un gest sobtat cap enrere.

Tres dies després, M recull la fotografia i en treure-la del sobre s'adona que la nena hi ha quedat amb els ulls tancats. Aquesta nena li ha sortit rebeca. Escup sobre la imatge i les gotes de saliva s'esbraven fent grumolls. La fotografia crema. Esverada, la deixa caure. M l'observa durant uns minuts fins que suposa que ja la pot tocar, primer amb la punta de l'índex. Quan la té al clot de la mà, s'adona que la imatge és massa real i l'esquartera, a trossets cada vegada més menuts, per poder-los encabir entre la galta i els queixals. Laura. Més tard, per devorar-la.

PUPUPIDÚ

El 1941, quan M era una adolescent que creixia oscil·lant entre la rodonesa i una primor preocupant, va decidir presentar-se a un càsting a Barcelona. L'anunci del diari deia: «Se necesitan hombres y mujeres para película americana. Trabajo bien retribuido. Presentar-se con traje de fiesta». Quan va arribar a l'hotel hi va trobar una gentada, sobretot homes, una massa de carn amb gorres i barrets, els caps no paraven de moure's, una munió de cucs esperant davant d'una porta falsa que donava pas a dues entrades de servei. M es va endinsar en aquella gentada i li va fer l'efecte que era una agulla dins d'una bola de greix. A mesura que ella i altres dones avançaven seguint les ordres d'una veu amb accent estranger que cridava *que pasen las señoritas*, aquells cucs gegants les magrejaven per tot arreu, les empenyien engrapant-les per les natges i pels pits. I les dones, mig ofegant-se i volent-se deslliurar de les masegades, avançaven de pressa entre aquell cos compacte d'homes que es burlaven d'elles i dels seus miraments.

M va arribar a la porta, va entrar amb el grupet de dones que l'havien seguida revoltades i espantades com ella, i passat el llindar va quedar estabornida i trista. Va desitjar que algú li donés la mà. El seu pare no, que també era un home. Tampoc cap d'aquelles dones que no coneixia i de les quals no estava segura que no haguessin extret algun plaer del que acabaven de viure. Ella, no. Se sentia abandonada i ridícula amb la bossa transparent on duia el vestit tot rebregat. Que lluny quedava l'univers de les actrius que adorava. Es va posar a plorar, però la dona que s'encarregava de dirigir el procés de selecció de noies ni ho va notar. Li va demanar nom, cognom i edat. Massa jove, va dir, però se la va quedar mirant, potser li va fer llàstima, o potser va pensar que semblava més gran i li va dir que passés a la sala, que es canviés el vestit i que esperés.

Al cap d'una estona les van fer passar en grups de cinc, els van dir de pujar a una tarima d'uns cinc metres de llargària i les van fer caminar davant d'uns homes, potser set, i de dues dones. M sabia molt bé la fila que feien totes plegades. No calia que es fixés en les mirades condescendents d'aquells homes i dones que les havien de triar. Totes les noies que s'havien presentat a la prova estaven primíssimes, els vestits els anaven balders, probablement perquè no eren seus o simplement perquè havien perdut pes després de gairebé tres anys de cartilles de racionament. Els teixits no eren bons, i es veia d'una hora lluny que no eren de festa; els havien afegit aquí una flor brodada, allà una blonda. Les noies feien cara de llàstima, llevat d'una que semblava tenir experiència i de M, que havia passat del plor a la ràbia. Una ràbia que va trobar un cert alleujament anys més tard en veure *Lo que el viento se llevó* i poder identificar-se amb Scarlett O'Hara quan es fa el magnífic vestit de festa amb unes cortines de vellut verd.

M va passar la prova i la van citar al cap de dos dies en uns estudis del carrer Vergós per fer d'extra en una escena que representava una festa luxosa en què l'actriu Mary

Santamaría cantava el foxtrot «Pupupidú», i elles i els nois havien d'anar fent «pupupidú» amb els llavis. Encara que us embarbusseu, els havia dit l'assistent de direcció, aneu movent els llavis sempre en forma d'u i ja n'hi haurà prou.

Tot i que l'entrada al món dels figurants va ser rude, l'experiència li va agradar. No li va fer res que haguessin de repetir l'escena diverses vegades al llarg del matí. Es divertia veient les diferències que els actors introduïen en cada presa i comprovant que actuar, reduït en aquella escena a cantar i ballar, no era tan difícil. I, a més, li van pagar. Les seves primeres pessetes després de la guerra. També va fer una coneixença, un noi força ben plantat amb qui va sortir a ballar un parell de vegades, fins que ella se'n va cansar.

Les curtes estades a París es van aturar fins ben bé dos anys després d'acabar-se l'altra guerra que devastava Europa. Aleshores M hi va començar a anar per voluntat pròpia i no per fer-se tractar a Sainte-Anne. Havia trobat la manera de calmar les veus. Ara a París hi anava per perfeccionar dues arts en què s'havia iniciat per tradició familiar: el brodat i la cuina. L'art de cuinar l'havia après de la seva àvia Louise, a qui ella ja havia conegut malalta. Deien que havia embogit feia molts anys, de resultes de la mort del seu fill Robert, un nen de cinc anys a qui ella no havia fet cas, absorta en la conversa com passava sempre que trobava una altra francesa pel carrer. El menut, cansat de dir-li que tenia set, havia agafat l'ampolla de salfumant que duia al cistell. La Louise, en adonar-se del que havia passat, va cridar encara més que el noiet, que ja havia caigut a terra i deixava anar un munt de saliva. Va morir al cap de dos dies, cremat per dins. M no havia gosat mai pronunciar el seu nom davant de l'àvia Louise, que hauria jurat i perjurat que ella només havia tingut una filla, l'Émilie. M havia après d'ella la felicitat del silenci i la resistència al foc, dues facultats que exercia als fogons de les cuines benestants de Barcelona, on se l'enduia de vegades perquè li fes de *commis de cuisine*, com deia rient.

M es mirava encantada com la Louise feia anar les mans per agafar un all, una fulla o un pessic de polsim, ara una pota ara un pit, tallava un cap o treia uns ulls, arrebossava uns cervellets, o guisava un ànec o un xai. Quan el menjar estava punt, a M li feia l'efecte que la Louise era una deessa, l'única que sabia posar ordre, triar les parts bones dels cossos dels animals, destriar-ne les dolentes i les sobreres, entaforar els dits ensangonats dins les entranyes. Combinar el foc i la matèria. Fregir, assaonar, guisar i presentar uns plats amb les carns lluents dels animals que cruixien o, al contrari, tendres i flonges, tan fàcils de separar dels ossos.

Va ser la Louise, que se l'estimava, qui la va animar perquè passés una temporada a París. Així, les estades a la ciutat, algunes prou llargues, les va aprofitar també per afinar les seves qualitats de brodadora, un ofici que havia començat a aprendre als cincs anys, iniciada per l'Émilie. Allà va ser acceptada a les classes que feia Madame Réjean, deixeble de l'anomenada Joséphine Fritteau, formada a la Maison Lefébure. Al seu taller particular M va perfeccionar el punt de Venècia i va iniciar-se en l'art del famós punt d'Alençon, però sobretot es va deixar hipnotitzar per la punta de Chantilly, una blonda negra que l'aristocràcia i l'alta burgesia utilitzava per als mantons, i que les dones dites mundanes utilitzaven en la roba interior. M de seguida es va confeccionar una combinació de setí que feia servir de vestit quan anava per casa.

Durant la dècada dels cinquanta, M es movia principalment entre el 5è districte i el 6è, on hi ha la Sorbona, i també el jardí de Luxembourg i el de les Plantes. Evitava anar al 14è, on hi havia el Sainte-Anne, tot i que estava assabentada que, acabada la guerra, havien col·locat unes escultures disseminades pels jardins, i quan les va descobrir la van fascinar, sobretot la del lleó adormit, que semblava protegir els bojos dels embats del món exterior.

A M la productora cinematogràfica li havia regalat una sola entrada per anar a veure la pel·lícula on sortia cantant el pupupidú. No li va agradar el títol, que no havia sabut fins setmanes després del rodatge, ni tampoc el to general, més aviat grotesc. A l'escena on feia d'extra no s'hi va reconèixer la primera vegada que la va veure, i va pagar una altra entrada per quedar-se a la sessió següent. Aleshores s'hi va veure i es va agradar. Va celebrar-ho fent una compra per segellar el pacte amb la seva nova ocupació: un banyador de setí maragda que guardaria per algun altre càsting ara que sovintejaven els rodatges amb directors nord-americans. En el moment d'emprovar-se'l, va arrodonir els llavis i va llançar un petó a la noia que es reflectia al mirall. Li va venir a la memòria la frase que un dia li havia dit la Louise: Ja cal que vagin amb compte amb tu, els homes; els tornaràs bojos.

DE SOBTE, L'ÚLTIM ESTIU

L'Olga no la deixa dormir. Mirar que vagi neta, estar atenta a la mínima pudor, al mínim gest, tocar els bolquers, canviar-los, pegar-li al cul perquè s'ha embrutat. Olga, bruta. Bruta. Calcular perquè no s'embruti en les pròximes hores. Si cal, li donarà menjar més tard.

Intenta adormir-se però no li ve la son. La nena ploriqueja i li agafen ganes de rebotir-la perquè no sap entendre el llenguatge dels plors. Pensa en París. No s'hi pot emportar l'Olga, i ni l'Émilie ni la seva germana se la quedarien perquè diuen que és massa petita, que en aquesta edat les criatures han d'estar amb la mare.

Espera. Espera que es faci gran. Li prepara farinetes amb ou i una mica de xerès. Es farà forta. Podrà estar sola.

La nena se la mira sovint, la reconeix, sembla que tingui ganes de riure, i quan esclata en rialles li fa l'efecte que li demana que rigui amb ella. De vegades M estén el dit cap a la galteta, llarg com una urpa d'àliga, i li fa un intent de manyaga. La nena riu. M s'espanta. ¿Com és que el seu dit pot fer-la riure tant?

Engarjolada, tancada entre les quatre parets de la casa esdevinguda cel·la, M no sap què fer amb la nena. La lleva, la canvia, la renta, la vesteix, l'alimenta, mira com s'adorm, venç la temptació de deixar-la sola, la canvia, la vesteix de nou, li dona menjar, la posa a dormir. Li vetlla el son, tota la nit, la desperta quan s'embruta, la torna a canviar.

No pot ser que aquesta monotonia, aquesta parsimònia només trencada pels plors o els intents de rialla, no sigui un mal presagi. Aquesta nena no li porta bona astrugància.

M camina amunt i avall del passadís com una fera engabiada. ¿Com són les altres dones, mares embadalides pel que excreten els seus infants? Es mira la seva Olga, la Laura del món, i la troba rebeca, dimoni, que el dia que em va sortir de dins ja tota ella era maldat.

M obre l'armari de la seva habitació i es mira els vestits escollits meticulosament. Alguns han estat confegits a partir del dibuixos que ha fet a correcuita davant d'algun aparador de París. Ara, se'ls posa al damunt sense treure'ls dels penjadors i es mira al mirall. No gosa emprovar-se'ls. Obre un calaix i en treu el banyador maragda, ara ja vell, però que guarda per a cridar la bona sort. Es despulla apressadament, pensa en el director nord-americà amb la munió de tècnics i ajudants i maquilladores que s'instal·laran a Begur, en el dia que ella haurà de desfilar. S'emprova el banyador amb l'aprensió de qui s'empastifa el cos amb algues verdes. Una mena de neguit, una anticipació.

El banyador li entra amb dificultat, M aguanta la respiració, amaga la panxa i treu pit com li ha vist fer a la Taylor, ulls maragda no, ulls violeta. Però el banyador es desencaixa i no li passa del ventre, i queda com partida en dos.

Es veu per primera vegada la pell de les cuixes i del baix ventre plena de solcs, de reguerols. Els pits desinflats. El somni de Begur desfet, i també l'anhel de les càmeres i les lluentors, dels xicots ben plantats. D'un món que se li escapa, que ja se li ha escapat. A l'habitació del costat, la nena crida. S'ha fet de nit. La vol acostumar a la fosca, aquesta nena. Cal que es faci gran aviat.

Cal que creixi, la vol lluny.

Va ser aquell dia que li van sortir totes les urpes i el pèl i els ullals. Fer-la fora, espantar-la. La filla, però, busca sovint el seu cos de mare. I M, davant d'aquells petits embats de tendresa, amaga les urpes i sembla endolcir-se. La filla no sap mai quan aquella dona esdevé bèstia o deessa.

MANYAGUES

Petita rodolina, pardalet ensucrat, baldufa, baldufina, nuvolet virolat, dolceta, dolcina, tossina, tossineta, moixona, princeseta, pidolina, pidolaire que ja em camines, dentetes que ja mengen, boqueta que riu, cametes que ballen, la nena s'ha fet gran, gallaret, brodadet de papallona, pesolet, orelletes grosses, que te les haurem de tapar, ai que plores, ai que rius, ai que em fas pessigolles, poncelleta, didalet, tasseta de llet de bruixa, ai ara s'ha posat seriosa la sargantaneta, gallineta estarrufada, cirereta, ¿poma agra? no, no, riu, torna a riure, pruna, lluna de pluja, ai barqueta del riu, allí et deixaré heureta fina que s'enfila i s'enfila fins que al cel arriba, amb els àngels et quedaràs, rebeca, ¿que no rius?, ¿què tens, què t'espanta?, vine que t'abraço, que et masego que t'amanyago, ai que t'enfades, ¿què mires?, ¿què et passa?, on vas rodoneta, grassoneta, vine, vine o rebràs, que et tancaré amb pany i forrellat. Dolenta, més que dolenta.

Maleït sigui el dia que em vas néixer.

UNA BANDADA DE BISONS

De punta a punta de la casa —es diria un castell— s'hi estén una plana gairebé deserta on campen els bisons. La filla s'agenolla per auscultar la terra. Amb l'orella dreta encastada al sòl i les natges alçades per aconseguir estirar encara més l'espinada i poder prémer ben bé el cap contra la terra que li ha de transmetre el senyal, s'està immòbil, respirant a poc a poc perquè el so de l'aire als narius no n'alteri l'auscultació. Al cap d'una estona, confirmant la seva intuïció, sent un lleu tremolor que prové de lluny.

A la nit, la bèstia-mare se n'ha anat a dormir amb els muscles tensos i el front baix i el coll fort i els narius dilatats. En aquella habitació la filla no hi entra gairebé mai —massa olor d'animal, d'aixella, de baix ventre, massa miralls i pintes de plata, perfums i vestits i mitges suaus que fan basarda de tocar com qui esquinça i a la vegada acarona una pell, massa polseres i anells, massa sabates daurades de taló de punxa de ganivet.

De nits com aquella la filla n'havia viscut moltes. Eren llargues, sense la modulació de llum que fa transitar suaument de la mitjanit a l'alba. En nits com aquesta, la filla respira fluix. Sap que la bèstia no dorm i que té la facultat de captar qualsevol moviment. La filla tampoc no dorm.

Així, l'endemà, amb els sentits esmolats després d'una nit de vigília, pot auscultar la terra i afinar les percepcions perquè la bèstia ha estat preparant l'envestida.

Ara, amb l'olfacte agusat i amb l'orella dreta encastada al sòl, la filla sent el retruny del primer galop i el bram de la bèstia-mare i corre a refugiar-se sota el llit.

La mare, després d'haver esquerdat el terra amb els unglots, entra a l'habitació de la filla. El cap no li passa per sota el llit, però l'hi entafora de cantó. Ara l'envestida és impossible, i per això deixa anar un bramul profund, amb la llengua fora, dura i llarga com la de les gàrgoles que veu de tant en tant a París.

La bèstia-mare, esgotada de les seves pròpies escomeses, sol recloure's i jeure a tocar del rocam de la planúria. La filla anhela aquest moment en què la bèstia dorm i la seva absència temporal li permet explorar una possible fugida. Però ¿on i com?

A voltes, la filla agafa prou coratge i travessa l'amplària de camí que va del llit a la planúria, i se li acosta. Observa l'expansió i la contracció del pit immens a ritme de les respiracions, els narius esventrats de l'esforç del dia, la llengua que mig penja com un nervi gruixut i violaci. Se li atansa a cau d'orella i li explica un conte, amb el desig que les paraules facin de cascalls com els que feia servir la reina d'Esparta per evadir-se dels seus mals. Semences petites i brunes, barreja-les amb llet, passa el dit pels llavis de la bèstia, que absorbeixin el líquid les mucoses, la saliva, les artèries, i que li arribin fins al cervell i l'adormin, per sempre, no, que no vull que es mori, mama, m'estimes?, per sempre, no.

Els bisons van arribar a ser milions a les grans planes de l'Amèrica del Nord. Els homes pàl·lids vinguts de la banda d'on neix el sol —de terres on molt abans els seus ancestres havien adorat els bisons fins a dibuixar-ne la imatge a les coves protegides del vent i la pluja—, un cop arribats al que per a ells era una nova terra, van exterminar-ne les bandades que hi circulaven lliurement, sota el ritme de la seva pròpia transhumància regida per les estacions i les possibilitats de trobar menjar i d'afavorir la seva reproducció.

En aquelles terres, els aborígens vivien dels bisons i en regulaven la caça per autoabastir-se'n. Els homes pàl·lids van veure en els bisons una font de riquesa, i la cacera humil dels aborígens es va convertir en una massacre. Els homes pàl·lids disparaven des dels trens que recorrien les planes. D'aquests exterminadors en sobresortirà un, el coronel William Frederick Cody, conegut aviat amb el sobrenom de l'animal que matava —un nom que amaga les matances d'aborígens que se li atribueixen. Buffalo Bill, com se l'anomenava, va recórrer diverses ciutats europees per presentar un espectacle inspirat en les seves accions reals, i, més que com un heroi, era rebut com un ésser exòtic i temible digne de formar part de la galeria d'estranyeses que estava tant de moda al Continent sota la forma de circs i de fires.

Buffalo Bill també va presentar el seu espectacle a Barcelona, on va arribar el 18 de desembre de 1889. A les onze del matí desembarcava del *Palma*, procedent de Marsella, acompanyat de cent homes sioux, dues dones sioux que van ser molt fotografiades, deu cowboys i doscents cavalls i deu bisons. Tota aquella troupe constituïa un circ que va estar-se un mes a la ciutat. Dos homes sioux van haver de ser ingressats a l'Hospital de la Santa Creu, greument afeblits d'algun mal contret dels homes blancs. Tot i així, molts habitants de la ciutat, premsa inclosa, van atribuir a la presència dels «salvatges» l'epidèmia de grip que va assolar la ciutat durant la seva estada.

En aquella comitiva hi havia també Anne Oakley, una tiradora que als vuit anys ja havia fet proeses amb el rifle. A Barcelona va fer un dels seus números més memorables: encertar tres vegades una carta tirada enlaire abans no toqués terra. Era ràpida i lleugera, amb carona de nena, però tenia una voluntat de ferro i un nas excepcional per als negocis. En una de les —poques— fotos que circulen, se la veu vestida amb faldilla i jaqueta escocesa, i un barret coronat d'una ploma immensa que li dona un aire d'Alícia al país de les meravelles. No li feien por les armes, ni els cavalls ni els bisons, però era molt gelosa i se les va tenir amb una altra gran tiradora joveníssima, Lillian Smith, onze anys més jove. L'Anne se'n va treure sis per poder-hi competir.

Els deu bisons que van estar-se un mes a Barcelona eren bèsties força intranquil·les. El coronel Cody les visitava de nit, sense la seva jaqueta militar, però amb el barret posat i els cabells deixats anar que li arribaven a les espatlles. Els bisons demanaven clemència. Estaven fatigats dels viatges i dels espectacles. De tant en tant treien les seves llengües blavoses, fortes i llargues abans de fer un bram cap a les terres on es pon el sol. De vegades, Anne Oakley els visitava, a les nits. Sentia una gran tendresa per aquelles bèsties enormes que ara fins i tot semblaven inofensives amb el seu mirar perpendicular, el pelatge deslluït, i les llengües sempre a mig treure. No se li havia acudit mai disparar contra aquelles bèsties ni contra cap altra.

Ella només disparava contra objectes. Li agradava veure les cartes i els plats esmicolats, i aquella mena de retruc produït per l'impacte del rifle sacsejant-li el pit amb un cop sec.

L'Anne s'escoltava els animals, especialment els bisons. De petita l'havien venut a diverses famílies que l'havien maltractat. Sempre va dir que s'havia criat entre persones que havien resultat ser molt pitjor que les bèsties. Havien estat precisament els bisons que l'havien salvada un dia que, farta dels abusos de la seva família adoptiva, havia decidit escapar-se. Va començar a caminar. Ho feia de nits i s'amagava de dia. Arribada a la plana, el seu cos petit va cedir a la fatiga i a la fam, i va perdre el coneixement. Es va despertar envoltada de tres bisons femella que li van donar escalf amb els seus caps enormes coberts de llana. L'Anne va veure que tenien les mamelles plenes, i les tres femelles es van deixar munyir. Al cap de pocs dies, l'Anne va reprendre el camí i va arribar a una ciutat on va trobar feina de dona tiradora, i va rebre el nom de «La Noia del tir segur». Sempre va dir que els rifles només els havia fet servir d'eina de treball i, esporàdicament, per defensar-se de la brutalitat dels humans.

Quan la bèstia-mare es deixondeix —sempre ho fa lentament, perquè als grans animals els cal temps per desvetllar totes i cadascuna de les parts adormides—, la filla corre altra vegada cap al seu amagatall. La bèstia, però, indefectiblement flaira la seva olor i, com tocada per un llamp, la segueix esverada. La bèstia-mare empeny amb l'unglot la nena per fer-la sortir de sota el llit, i quan la té al davant l'encasta contra la paret i l'escridassa, «Maleït el dia que vas néixer». De vegades, enmig de l'enfelloniment, la bèstia s'atura. Es queda mirant la nena, consternada de veure la cara que fa de por —nena, ninona, nineta—, la seva criatura. La seva pròpia filla. I la follia remet. I la bèstia intenta una carícia: la mossega, la saliveja.

Més tard, la filla descobreix, fins allà on li arriben els ulls, la marca dels cops; no sap si són d'amor o de follia.

La filla s'ha acostumat a adormir-se amb una orella amatent, la que vol atènyer les fondàries del subsol, a distància oposada dels set cels que ens envolten. Amatent sempre als moviments de la bèstia-mare, a les sacsejades de la terra sota els unglots, a les seves urpes, al pes del seu esquelet ferotge, el pelatge salvatge, a l'escomesa inesperada. És petita, «Ets com un pèsol», li diu de tant en tant la bèstia-mare. I aquesta petitesa, física i temporal —la filla té molt pocs anys— és també una petitesa existencial; encara no sap diferenciar les portes que obren a l'amor de les que ho fan a la destrucció. Ni sap si les estances on habiten Amor i Destrucció són bessones, ni si és per això que, en aquesta indiferència, l'amor es fa irrespirable com la mort.

L'arcàngel Gabriel, el que té el poder d'interpretar els somnis, si conegués la filla li diria que s'aixequés, com va dir fa segles a Daniel. També li diria que no temés, que de la mateixa manera que Vilon o Arafel, el primer dels set cels, es troba a cinc-cents anys de marxa respecte de la Terra, on habitem les bèsties i els humans; la distància que separa Ahava d'Abhaddon és de cinc-centes capes gasoses, de llum i de tenebres, cinc-centes capes que es poden travessar, caminant, com les travessarà ella un dia, quan es posi dreta i deixi d'auscultar les coves de la Terra.

Durant la nit, la filla es desperta de tant en tant. Alça el cap i escolta l'aire. Per assegurar-se que la mare encara és viva, li pregunta en veu ben alta, Mama, m'estimes? I la bèstia-mare, desmenjada i mig adormida, diu un sí que sembla estar a cinc-cents anys de la Terra on ella, la filla, torna a encastar l'orella —absent, encara absent— a l'existència del set cels.

La bèstia-mare remuga. La nena se la mira traient un ull per la porta d'una cuina que seria lluminosa si no fos perquè la fera ha tapat la finestra amb testos de iuca. De la iuca en fa menjar: amanides de flors i amb les arrels, tisanes. A la primavera, les iuques s'omplen d'arnes.

Atabalada entre els fogons, la mare parla amb la Louise, que fa vint anys que és morta. La nena no entén què diu perquè la bèstia murmura en una llengua que no coneix. Està acostumada, però, a sentir-la remugar mentre cuina. La filla sent que de tant en tant pronuncia *Louise* i mou els llavis molsuts d'on s'escapen les sibilants ben clares, *iz*, *iz*, *iz*...

Li agrada guisar animals, que presenta a taula sencers, Aquests ja no xitaran, i riu.

Mira, Olga, li diu un dia quan són a taula, i es frega totes dues mans, i quan les té ben roges les obre com ales de papallona gegant, i la nena veu que se li han fet boletes, com de brutícia. No és brutícia, li diu la bèstia-mare, és terra, perquè terra som i a la terra negra tornarem. Des d'aquell dia, a la nena li fa por mirar la terra dels testos.

Aquella mateixa nit la bèstia-mare llença la iuca. Ja no

hi ha res a fer, li diu, quan la bavosa xucla l'arrel, la iuca emmalalteix sense remei.

Després, a la nit, la nena s'enfila de puntetes per mirar des de la finestra la iuca llençada a la vorera, verda i resplendent encara, tot i el mal que la devora.

Hi ha dies que la bèstia-mare cuina sense dir res, com ara, que la nena s'aguanta la respiració perquè no s'adoni que se l'està mirant. Però la bèstia mare es gira i la fa entrar. Així veuràs com es fa. Carn trossejada, roja borgonya, polsim de pebre, all i julivert i una mica de flor de iuca, trinxats, menuts fins gairebé desaparèixer. La mare li posa una mica de carn al palmell, i la nena té por que hi surtin cucs i li venen ganes de vomitar. Surt, que no vals per a res.

Un cop a taula, la bèstia-mare es menja la carn trossejada a bocinets, una delícia, diu. La filla queda castigada dos dies sense menjar. La segona nit, afamada, somia en tres dones, una de vella i dues de l'edat de la mare, que se li acosten amb l'alè pudent de carn crua i li donen uns trossets de càmfora que engoleix de pressa i que li produeixen una escalfor insuportable a la gola. Aleshores s'adona que les tres dones no paren de refregar-se les mans amb la càmfora i li ensenyen els palmells tot encetats i no paren de riure. Les tres dones li donen més bocins, que no tingui por, li diuen, que la càmfora està emparentada amb el llorer, com tu, Laura, li diuen. I riuen, riuen tant que la filla es desperta amb el so estrident de les seves rialles.

Quan es faci gran, la nena aprendrà que la càmfora és mig verí mig medecina. En proporcions justes, i en capes fines damunt la pell, calma els músculs adolorits. Deixada en mans d'aprenents, o massa audaces, o perverses, la càmfora ingerida arriba a ser letal.

L'endemà, la filla no té esma de llevar-se. La bèstia-mare, en veure-la malalta, s'acosta al capçal del llit, li agafa el cap i se'l posa damunt el pit. Invoca l'àngel de la guarda en un intent de procurar-li un amor que ella no pot sentir, una protecció contra el seu propi mal. Que es deslliuri del meu mal, que es deslliuri del meu mal, prega en moments com aquests la bèstia-mare. La filla, arrecerada al pit de la bèstia nota a la templa la flonjor d'una sina, mig nodriment mig metzina. I com tantes altres vegades, el seu propi cor que batega confós.

PODRIA SER LA FI

Diuen que la filla se'n va anar lluny, a d'altres llocs, on la terra li retornava la remor dels cucs quan s'arrosseguen, el frec que fan les formigues, l'espetec de les llavors en rompre's abans de ser plantes, el fragor dels minerals a punt d'esquerdar-se. I damunt de la terra, hi veia caure la neu silenciosa, rutilant, pols de cristalls. I també veia els llacs glaçats, i els mars que semblen llacs, amb els petits crustacis que neden sota la capa de permagel. Llocs on les nits tranquil·les donen pas a matinades calmes, de boires baixes damunt dels rius i les grans cascades, amb aigües que guarden tresors que enlluernen els ulls humans però no pas els ulls dels corbs, que en detecten la brillantor quan l'onatge brutal remou els fons i fa botar per damunt l'aigua objectes de plata, de bronze, de coure, i fins i tot d'or. Aleshores el corb, el que té el crit com un cruixit, s'hi llança en picat i arreplega els objectes més llampants i els amaga a les coves.

Des d'aquest paisatge d'aigua i de glaç gairebé estàtic, a la filla li arribaven notícies esparses de la bèstia-mare. I s'havia d'estenallar la llengua per no preguntar totes les noves que hauria volgut saber d'ella.

Un dia va saber que la bèstia-mare havia mort. I va

sentir que el món també perdia una mica de vida. De manera inesperada va començar a aprimar-se. Els amics i coneguts van sospitar una malaltia. Ella, en canvi, se sentia ploma. Sostreta de tota rodonesa, sostreta de ser filla. Potser també de ser dona.

II

L'INSTANT DE L'OBLIT

LLAVI FENDIT

Avui a la Selva s'ha alçat un dia magnífic. Un sol d'acabament d'hivern i un vent intermitent i fort que neteja el cel i doblega l'herba verdíssima.

Enfilada dalt d'un turó modest, aixeco a mitja altura els braços, i el vent m'entra per les mànigues. Cal poc per imaginar-me ocell. Aquest matí algú m'ha dit que a sota d'aquesta terra hi ha una barreja de foc i aigua antiga. Potser com arreu del planeta, li he dit. Em diu que la diferència aquí és que s'han trobat pedres que són l'empremta d'aquest foc apagat pels llacs on van habitar les bèsties ara fa tres milions d'anys.

El temps perfecte, el dia magnífic: cel de cristall, i un vent que fa fredejar; quan para de bufar, s'agraeix el sol. El vent m'entra per les sabatilles d'esport i em refreda els peus. Tot just una mica de tebior per sentir-se bé, i una mica de fred per tenir els sentits esmolats. A cada cop de ventada m'alço una mica de puntetes, a punt de l'envol. O, més ben dit, de fer tentines com deuen fer els ocells menuts quan se senten empesos a volar i encara no han mesurat la pròpia força.

En una d'aquestes ventades te m'apareixes, com en els contes, en un revolt. I torno a tenir vuit anys. I som dues amigues que caminen.

Sembla que sigui veritat, que he alçat el vol i que amb cada cop d'ala-braç he anat menjant-me anys de reculons fins a arribar en aquest punt on caminem agafades de la mà, dues nenes als marges d'un camí ventós com aquest d'avui, a moltes dècades de distància d'aquell punt en què un dia vam caminar plegades per un camí semblant.

Em dones la mà, i jo vull desfer-me'n. T'agrado. Des del primer moment que m'has vist t'has arrapat a mi. Em segueixes per tot arreu, i em mires i em somrius. Em parles. Probablement em dius coses boniques, però jo no les escolto. No en recordo cap. Deuen ser massa dolces i jo no hi estic acostumada. Tens uns cabells rinxolats, de nena de caseta de xocolata. No em fas cap mal. ¿Com m'haurien de fer mal el teu somriure, la teva veu dolça i el teus ulls tranquils, el teu posat pacífic, les teves ganes d'estimar-me? No, no hi estic acostumada.

De la teva carona en recordo el defecte en un llavi causat per una peça de metall candent que de petita t'havies dut a la boca. Em faig enrere a la imatge que em retorna el teu dolor. No em puc fer càrrec d'aquesta teva vella ferida. Tu, en canvi, m'agafes indefectiblement la mà esquerra, la que de vegades em fa mal, la que sembla estar nafrada, i em parles del teu llavi, del teu accident, mentre em pressiones suaument la mà, com si la combinació de paraules i carícies pogués allisar les nostres ferides.

Però jo soc sense saber-ho una nena dolenta, i un dia t'abandonaré.

Va ser en aquella tarda dolça, una tarda que havia d'acabar sent una més d'aquelles tardes dolces d'estiu en què ja es pot sentir com s'acosta el silenci de la nit i un esquitx de solitud pessiga el cor, en el moment, doncs, que els animals busquen aixopluc els uns al costat dels altres, que em vas agafar novament la mà. La teva era una mà prima, potser una mica suada, que embolcallava totalment la meva, com si a dins hi duguessis un ocellet ferit. No era pas per la calor, que tenies la mà suada, perquè el sol ja s'amagava i s'havia aixecat el vent i les bruixes espiaven abrigades rere els arbres, sinó per la intensitat del que vèiem, un paisatge impregnat de llum vermella i daurada.

Arbres ressecs, ofegats per les heures, bellíssims en la seva mitja mort, troncs joves que s'entortolligaven en els troncs vells i que maldaven per desfer-se de l'abraçada com fa el Laocoont de marbre escanyat lentament per les serps. Teníem, doncs, a una banda, la foscor que començava, a l'altra, la llum d'un sol que s'apagava. Agafades de la mà, ben juntes l'una a tocar de l'altra, fèiem un petit mur contra el vent, i jo estava segura que res no ens podia passar.

De tant en tant, et mirava de reüll, i em semblaves feliç. Tot era massa bonic. I em vaig espantar.

Vaig trobar la manera de desfer-me de tanta felicitat, aprofitant que una altra nena se'ns acostava, vaig començar-hi un diàleg: ¿Saps?, li vaig dir, a mi no m'agraden gens les nenes que s'arrapen, que et segueixen a tot arreu, que t'agafen de la mà... Abans d'haver acabat la meva llista miserable, vaig sentir com la teva maneta s'obria i em deixaves anar.

Vaig acabar fent aquell camí al marge, solitària. I em vaig creure que era feliç caminant sola contra la ventada. I tu te'm vas anar quedant enrere. Mai més no em vas tornar a donar la mà. No et recordo a cap lloc més dels meus estius.

Si ara et miro amb deteniment els llavis, voleiant molt a prop teu com faria aquesta mena d'ocell en què probablement em convertiré d'aquí a poc, i et contemplo amb els cabells esvalotats per aquesta ventada, et puc tornar a veure ben bé la cicatriu. Penso que, en aquella època llunyana, la teva boca fesa em devia anticipar la nostra pròpia vellesa. Em duies l'anunci de la meva mortalitat, i m'esporuguia la teva mà i sobretot el teu amor. Encara ara no entenc com et vaig deixar anar.

Retornes amb aquesta ventada, avui, en aquest paratge de la Selva. I em pregunto si encara ets viva. O si ets morta i te m'has fet present portada per aquest vent, en aquesta terra de foc antic, on cremen per sempre les ànimes de les nenes dolentes. Per donar-me la mà, encara. I perdonar-me.

Laocoont

ESCRIURE LA MARE

Crec que la meva mare em pegava.

Caminem de costat pel passeig a tocar del mar, i la Glòria es gira per mirar-me. No recordo què em va dir en aquella passejada, potser va fer un gest, una ganyota, potser va obrir els ulls, o es va aturar. En tot cas, recordo que es va sorprendre. Vull escriure un llibre, li he dit, sobre la meva mare. I començarà així: Crec que la meva mare em pegava.

La violència que reps de petit no entra en l'esquema lògic de la ment infantil, és per això que costa tant fer d'aquesta experiència un record estable.

A mesura que passa el temps, arribem fins i tot a negar el que vam viure, i això, tant per defensar aquella persona que estimàvem, com per protegir-nos de la vergonya d'haver estat incapaços de provocar més amor. Passen els anys i en les converses que tenim amb nosaltres mateixos anem perfilant la veritat que a còpia de no dir-se esdevé secreta. I un dia l'hi expliques a una amiga, i t'adones que, tot i així, el verb et surt incert.

I una part del teu passat és nebulós, a mig camí entre la realitat i la mentida, i t'adones també que no pots fer altra cosa, que no pots explicar fil per randa la veritat. I el teu propi passat es desplega en els marges de la sospita, com si t'estiguessis explicant un conte.

ENTRE-DEUX

Començo a escriure aquest llibre el mes d'abril del 2019, a París, amb Notre-Dame en flames, a pocs mesos de la frase que vaig pronunciar aquell dia passejant amb la Glòria a tocar de mar, a Barcelona. La llegenda familiar diu que l'àvia de la Marina, la meva mare, va ser batejada a Notre-Dame. Hi ha una cosa terriblement hipnòtica en aquesta flamarada gegantina que ens arreplega a distància formant diversos grups a l'altre cantó del riu, sota un cel que es fa gris a gran velocitat, i amb el núvol de fum que irrita la gola, una escena de presagi apocalíptic.

Reprenc l'escriptura a Toronto. Un dia de sol esplèndid faig una excursió a les cascades del Niàgara i en torno alleugerida. Així, dos escenaris estimats per la Marina fan un arc espacial immens que em serveix de canòpia. A un cantó, la ciutat de la seva família, i a l'altre, la natura impactant d'un paisatge que va conèixer a través d'una pel·lícula per a ella memorable.

Al desembre visito Barcelona per estar-m'hi tres mesos i em veuré obligada a estar-m'hi tot l'any perquè es declara la pandèmia i no puc tornar a casa. Reprenc, així, l'escriptura de manera continuada al pis on va viure la Marina dels cinquanta als setanta-cinc anys, i on jo m'estaré fins que la situació sanitària no canviï i em sigui permès tornar al Canadà.

Durant tot el procés d'escriptura, m'acosto sovint al balcó amb el desig de fer coincidir la meva mirada amb la que m'imagino que va ser la de la Marina, quan es quedava encastada rere el finestral. Tràfec, cotxes i gent que a mi m'atordien però que a ella l'aquietaven. Assegurar-se que el món continuava amb el seu moviment, però sense tenir-la en compte. Sentir-se alliberada de la mirada de l'altre. No era pas que es volgués dissoldre en l'altre, sinó que aspirava a tenir una vida absent de l'altre. Aquest pis li va ser bàlsam, però no prou per protegir-se de les veus. ¿De què serveix constatar que hi ha gent a l'exterior, assegurar-se de l'enrenou del món si, a cops, tot el moviment de la humanitat pren la forma d'un sol i desmesurat enemic?

Amb els anys, aquest balcó, com un petit barquet, on algun estiu jo li havia vist prendre el sol en banyador, se li va anar convertint en un forat que la xuclava. En un moment imprecís, abans d'entrar definitivament a la vellesa, la seva mirada ja havia deixat d'interessar-se pel moviment del món. La seva ànima, de per si prou decantada a la foscor, va iniciar un flirteig definitiu amb el crepuscle. Atreta pel buit, va començar a imaginar la seva caiguda, o per ser més exactes, la caiguda del seu cos. Un descens ràpid, un cop sec i net contra el terra i després l'assossec del no-res.

En aquest pis hi tinc records, cada vegada més eteris, més escassos. M'apareixen petites evocacions que semblen de teatre d'ombres, com quan vaig haver de venir urgentment del Canadà perquè se'm va comunicar que estaves en una fase delirant i que s'havia de prendre una decisió. Un cop vaig ser a Barcelona, amb prou feines si em vas reconèixer. A la nit, entraves a la meva habitació, sense avisar, alarmada, per dir-me que t'havien robat les joies, o que et seguien, o que el teu amic, que dormia en una altra habitació, et volia fer mal. Van ser uns dies d'un gran dolor, que anticipaven el dol. Un dol que va durar quatre anys abans de la teva mort. El teu cervell ja no podia organitzar un univers que t'havies esforçat a mantenir a ratlla, per sentir-te encara al món. Perdies la forma. Et fonies.

De mica en mica ens vas anar desconeixent, a mi i a les poques persones que hi havia al teu costat: el fill de la teva germana, amb qui et veies molt de tant en tant, el teu amic, que t'era fidel, i jo, una figura que per força devies veure difuminada, ja que feia anys que apareixia i desapareixia de la teva vida. Va ser aleshores que va començar també bona part del nostre propi procés d'esborrament; la vida que els que t'érem propers havíem compartit amb tu es feia miques, quedava mancada de testimoni compartit. Tu t'esvanies i ja no ens servies de contrast, per confirmar un detall o per modificar una escena. T'havies convertit en una màquina de fer desaparèixer.

Ara que escric, et fas present a les nits, quan somio en llangardaixos, i penso que irrompràs a la meva habitació, com ho feies en els últims temps, i em demanaràs auxili, perduda en un bosc terrible de veus i de confusió, sense memòria. M'agradaria, ara, fer el que no vaig fer aleshores. ¿Per què no vaig saber abraçar-te?

No puc recordar escenes senceres viscudes amb tu. Només en puc evocar fragments i les sensacions que s'hi arrapen. Agrairia tenir un cervell magnànim que donés prioritat als records del teu riure, explosiu, magnífic, sensual. Però s'hi resisteix, és la seva venjança, vol que et retingui en la memòria com una madrastra de conte.

Si és gràcies a l'escriptura que et fas present, ¿per què escric si el que vull és oblidar-te? Al cap d'unes hores de feina, caic com intoxicada, presa d'un gran esgotament i tot l'esquelet se'm deslloriga. Em cruixen les espatlles, se'm pinça el còccix, m'agafen rampes als peus. La recuperació després de cada crisi demana dies de repòs. El procés de rehabilitació postural m'aparta de l'ordinador, com si l'escriptura m'exigís parèntesis perquè ja en té prou de tu.

En un dels períodes de desconfinament, me'n vaig a escriure a la Selva, al poble on em vaig instal·lar poc després de la mort de la Marina, ara fa deu anys. Aleshores era estiu, però m'ha quedat en canvi el record del fred. Em despertava en la foscor, presa d'una por que m'estenallava els músculs, sacsejats pels calfreds. Era un fred, també, de conte. Temia que el fantasma de la Marina entrés per aquella porta alta i vella.

Escriure la mare no és un intent de posar ordre en els records d'una relació que només puc recrear fragmentàriament. Posar ordre no és possible. Per explicar-me, em dic mentre començo a escriure, hauré de recórrer a un conte que parli de la crueltat i també de la por. La crueltat d'una mare i la por d'una filla. Després, hi haurà una segona part, en què la veu, suposadament la meva, narrarà de manera més o menys realista la relació amb la mare, un ésser vital i depressiu alhora, estrident, excessiu, histriònic. Narrar-la fins a la seva demència, i la mort.

Narrar la mare no vol dir pretendre recrear-la com a personatge, fer visible el que la va constituir com a ésser rar, enigmàtic, distant, a voltes dolent, ni intentar fer una sobrevolada omniscient per mostrar el calidoscopi de circumstàncies que probablement la van configurar com a subjecte. Narrar-la no vol dir ampliar-ne els detalls al·ludint al temps històric en què va viure per atribuir a l'opacitat política i moral de l'època la dimensió fosca del personatge que va ser, per justificar-la, per entendre i comprendre el buit que l'habitava, la seva dispersió, el seu etern desgrat amb el món i, de tant en tant, aquell rampell exuberant de vida que l'envaïa. Era aleshores que il·luminava l'escena com estigués sota els focus d'un plató de cinema. Potser la narradora farà servir aquests recursos per sentir-se menys culpable. Construirà la maldat d'una mare, que no és exactament construir una mare malvada.

Tot i així, durant el procés d'escriptura —ràpid— i de reescriptura —lent—, s'anirà fent clar que escriure la mare no té aquest propòsit. Escriure la mare en aquest cas vol dir inscriure-la fora, fer-la visible perquè es faci invisible en mi. Si bé l'oblit no és mai del tot factible, l'escriptura ofereix la possibilitat, si més no parcial, d'oblidar per raó d'una doble qualitat: esborrar a partir de la inscripció. L'escriptura representa deixar anar.

La mare, el cos de la mare, no es pot abordar de manera racional, presentant arguments encavallats que ens menen de la hipòtesi a la tesi. El camí, contràriament, fa meandres. Es perden les pistes, hi trobem paranys i fondàries. Ens sorprèn, de vegades, la irrupció de clarianes, però aviat desapareixen fins a formar boscos espessos: no hi ha dona que no conegui l'existència d'aquest llop.

El francès té un vocable, *entre-deux*, i també l'anglès, *in-between*, l'entredós en català, dues vies, dues perspectives, dues dimensions, que no s'oposen necessàriament, sinó que conviuen a tocar l'una de l'altra. L'entre-dos és també un espai inconcret, indeterminat, els llimbs. La seva coexistència no és dialèctica, és, simplement, fatal.

La mare, el cos de la mare, és present en la tria que fem d'amors, també en l'atracció que moltes dones hem sentit alguna vegada per dones que amb el temps acabem descobrint que comparteixen un tret amb la mare de la nostra infantesa. És present, doncs, en l'adoració juvenil que ens fa anar darrere d'una amiga, trucar-li de matí, de nit, seguir-li les passes, imitar-li els gustos, observar-la en silenci. Dir-nos que no serem mai com ella, però que mentre estem sota la seva influència, algun raig d'ella ens il·lumina. Adorar-la.

El cos de la mare es troba en l'agressivitat i en la dolcesa que ens anem descobrint en nosaltres mateixes i en els altres, en la gelosia que sentim envers algunes dones, i també en la necessitat de solidaritat entre nosaltres, en la mitificació de l'amor entre germanes, en la sororitat. Ésser entre, entre-dos... alguna cosa que fa pensar en el misticisme.

Jo vaig fer irrupció dins d'un cos, que em portava joiós i que alhora em rebutjava. Jo et vaig malbaratar el teu meticulós desordre.

Durant anys vaig dir-me que la raó del teu caràcter imprevisible no es podia atribuir només a l'aire del temps que t'havia tocat viure, sinó que calia trobar-la en una mena de follia. Una «follia ordinària» que passa sovint desapercebuda, que es confon amb l'estrafolari, extravagant, agosarat. Una follia corrent, pròpia de dones excessivament lluminoses, però que no us estalvia de caure en les tenebres. Sou sòrdides, esplèndides, fogoses, distants, superbes, desenteses, porugues i tanmateix prou temeràries pe llançar-vos en pous profunds o per pendents vertiginosos, apassionades amb els amors, els viatges, la bellesa dels vestits i de les obres d'art. Sou del tot alienes al dolor que genereu. En definitiva, sou reines.

En canvi, als anys vuitanta, quan jo en tenia vint, el feminisme que impregnava Barcelona em va proporcionar un marc teòric per negar la teva suposada bogeria. El teu comportament esquerp, desconfiat, a voltes agressiu, el vaig començar a percebre com el camí que havies trobat de canalitzar la teva insatisfacció, l'única via que et permetia ser rebel. Havent rebutjat la filla havies rebutjat la imposició d'un paper, el de mare, que et venia estret. Durant molts anys em vaig escudar en aquesta explicació, de manera que el teu rebuig venia a ser un triomf del teu esperit inconformista, i fins i tot me n'enorgullia: jo tenia una mare que no ho volia ser. El teu desafecte maternal era una victòria. Que jo et fes nosa havia estat la conseqüència necessària d'una revolució que en la meva primera joventut imaginava urgent, prioritària.

No cal dir que en el rerefons sabia que m'explicava contes. Jo continuava sent un elf espantat que observava la desfilada d'humors de la reina, i m'oposava, en silenci, a aquesta feminitat atroç i destructiva. Més tard, vaig acabar avorrint totes les versions de la suposada feminitat i, per contra, el saber acadèmic, ordenat, cartesià, em va servir per fonamentar una altra manera de ser al món, allunyada de la dicotomia tradicional entre els sexes.

He de dir, però, que d'alguna manera estic agraïda a aquella dona de classe modesta, sense pretensions, amb una intuïció lloable per trobar maneres de combatre la domesticitat del desig, per no doblegar-se a les convencions, a la imposició masculina, mentre lluitava amb les eines que tenia al davant per continuar buscant la forma de ser «dona».

Amb tot, la possibilitat de la follia havia estat de sempre admesa en la família. De fet, la Louise havia mort boja, i les tietes semblaven fer esment a aquesta herència quan parlaven de la Marina, encara que fos amb els eufemismes habituals, fent referència al seu mal geni o als seus canvis d'humor. Hi havia, també, una solidaritat no pactada entre les dones —la tieta, l'àvia— que es van veure compromeses a acollir-me temporalment. Calia no destorbar la pau fràgil de la mare i alhora enfortir la filla, acostumar-la a la distància emocional perquè pogués anar sola pel món.

Cap d'aquelles dues dones va pronunciar mai la paraula *bogeria*, però tot i així, no haver-la explicitada em va fer sentir a mi responsable de tots els teus humors. De la teva pesantor de viure. Si els infants són l'alegria d'una casa, ¿què feia que en aquesta mare li fos tan pesada l'existència de la filla?

De més gran em vaig dir que el que jo sentia devia ser enveja. Havia envejat el teu riure, la teva desimboltura a l'hora de fer-te veure. A la nota que vaig escriure per informar la gent de la teva mort, s'hi llegia: «Us informo que la Marina, la meva mare, ha mort aquest matí. Demà tindrà lloc la incineració; no hi haurà cerimònia pública. Més endavant, es traslladaran les cendres a París, tal com havia estat la seva voluntat. Avui m'agrada recordar-la amb el seu riure ample i fort i que no va acabar de perdre ni tan sols durant aquests terribles quatre anys de malaltia».

A mi, però, m'hauria agradat tenir una mare discreta, una mica grisa, que m'evités haver d'oscil·lar entre la fascinació que sentia per ella i la temença del seu caràcter imprevisible. Vaig aprendre a adular-te quan calia, a dissimular la meva humiliació quan el moment obligava.

La Marina estava posseïda, a més, per una saviesa sense commiseració. Veia l'ànima dels altres i els entaforava veritats que ells no haurien gosat mai dir-se de si mateixos. Jo, en canvi, em vaig acostumar a mentir. ¿Que te l'estimes, la mama?, em preguntaven, i jo sempre feia que sí, sabent que el meu amor era estrany, perquè aquell «sí» em pesava al cor de tanta mentida que contenia.

Havia desitjat la seva mort però, si de petita l'hagués perdut, el meu dolor hauria estat insuportable. Anhelava el seu amor, i poder-li dir que l'estimava fins a les estrelles.

Escriure la mare no aplana el camí cap a la reconciliació. Als morts, a més, no els cal. Escriure la mare és un acte d'exorcisme. Mentre escric, aixeco el cap de tant en tant i em miro al vidre de la finestra que fa de mirall. Voldria començar a no veure en els meus dits la forma dels seus, a reconèixer que la forma de la meva cara m'és única.

Si és tan difícil que de l'escriptura en surti una narració, no és per efecte d'una falla en la memòria —aquesta eina de distorsió temporal— sinó perquè els presents que vaig viure amb ella m'eren ja aleshores incomprensibles.

A mesura que vagin passant els dies d'aquesta primavera emmalaltida i reclosa de 2020, s'aniran fent visibles el regne vegetal i l'animal, vencedors temporals contra l'asfalt. M'adono per primera vegada de l'olor dels arbres. Els arbres-ciutat.

Vivint forçadament a Barcelona, em tanco doblement a casa, fins que es transforma en cova, una panxa flotant en aquest paisatge urbà. Em tanco per escriure. Per escriure't. De tant en tant et retrobo. Em torces els dies, domines les meves nits quan em desvetllen els calfreds i sento que tinc l'espinada d'un gat esporuguit.

Avui, una planta de la taula on escric s'ha mort.

Crec que la meva mare em pegava. La víctima per excellència és aquella que no sap si ho ha estat. Em sembla que em pegava, però potser ho he somiat.

De nena, intuïa que en la meva vida hi havia una particularitat, una irregularitat que no havia de dir a ningú. La tristor i la humiliació que sentia me les guardava, anticipant la vergonya que sentiria si les explicava.

La violència no era només física, potser aquesta era

menys important que la violència intangible: uns crits que eixordaven, els decibels que se m'encastaven a les orelles després d'haver rebotat contra les parets, el sostre, el terra. En moltes ocasions, acabats aquells rampells ferotges per a no res, sense sentit, la meva mare se n'anava de casa. Tornava al cap d'un temps —sempre llarg, incongruent amb la mesura del rellotge—. L'espera se'm feia indefectiblement ominosa, convençuda com estava que aquella vegada no tornaria mai més.

El meu cervell treballava veloç. Vaig aprendre de seguida què s'havia de fer en cas d'emergència, en cas que m'hagués quedat sobtadament sola a casa i per sempre. Sabia on eren les claus, anar a casa de la meva àvia a buscar refugi, o de la tieta. Quan elles van morir, jo devia tenir uns vuit o nou anys, vaig haver d'entrenar el cervell per saber a casa de qui podria anar aleshores, quins objectes em caldria agafar, quins eren superflus, quins essencials. Vaig aprendre a ser bona organitzadora, a sortir del pas de situacions perilloses, tant de jove, com ja de gran. De nena, vaig aprendre ben aviat que les meves pertinences, un bloc de notes, uns anellets, unes fotos, un plumier... eren del tot prescindibles. Només els llapis i les llibretes m'eren necessaris. A l'adolescència, aquesta economia de la possessió em va permetre construir un ideal d'austeritat, d'altra banda en consonància amb una època en què molts embarcàvem cap a Califòrnia, l'Índia o Eivissa, on encara hi quedaven flors.

Així doncs, a l'angoixa que em produïen les fugides de la Marina s'hi va anar afegint el desig d'una llibertat que consistia a llançar-me cap a una adreça desconeguda. Aprendre la llibertat, estimar la solitud.

Em van caldre molts anys per dur a terme aquest aprenentatge.

No recordo que la Marina em somrigués directament, amb la franquesa de qui somriu a una persona estimada. Ella somreia per seduir. Als altres, als que no eren jo. Als homes, sobretot, però també a les dones, tot i considerar-les sovint carrinclones, porugues, *démodées*. No la recordo, en canvi, amb la cara arran de la meva, oferint-me un somriure com una magrana. Un d'aquells somriures que sovint es converteix en rialla i aleshores no es pot parar de riure i sembla que els pulmons i la panxa no hagin de resistir. Reies, però no per a mi, ni amb mi.

Guardo una fotografia que testimonia un moment insòlit. Un fotògraf de «Reportajes Soto» —a l'anvers de la fotografia s'hi pot llegir «Fiestas particulares. Reportajes a domicilio»— va venir a retratar-nos. Jo devia tenir vuit anys, tu quaranta. Vas vestida de negre i duus unes arracades enormes, també negres, que et pengen per sota de l'oval de la cara. El fotògraf ens devia dir que ens miréssim, probablement perquè tenia en ment una posada en escena convencional. A la imatge, estàs girada cap a mi, i em somrius. Em tens agafada de la cintura amb la mà dreta, i amb l'altra m'agafes la mà esquerra, per amagar-me-la com qui vol amagar un defecte. Jo també tinc la cara girada cap a tu, et miro als ulls. Somriem. En aquell moment vaig tenir dificultats per saber llegir si el teu somriure era sincer, per això es veu una nena que riu tímidament, que no gosa apropar-se del tot a la mare. Sempre he sabut que aquesta foto és falsa. Em fa fins i tot gràcia pensar que qui la trobi quan jo ja no hi sigui s'empassarà la mentida. Serà rar, aleshores, trobar algú que s'interessi per aquestes dues figures, una dona i una nena, i que tingui l'ull de linx per saber veure-hi la impostura. ¿Quant de temps ha de passar perquè una mare estimi la seva filla?

Hi ha fotografies que cremen.

Recordo, sí, la felicitat de la nit quan et quedaves adormida abans que jo, o la calma fràgil de les tardes quan feies llargues migdiades i, com un animal que dorm, deixaves tranquil·la la presa. I com a la jungla, la tranquil·litat podia sobtadament amarguejar, i desvetllar-te de manera fulminant.

Sovint, em sembla que em pegava, sovint m'escridassava. Boca oberta i braços que semblaven branques, cops secs. Jo ignorava què havia fet malament. Aquesta ignorància, però, no era la causa principal del dolor que em provocaven els cops. El que m'adoloria era veure els teus braços desmanyotats intentant arribar a la meva cara mentre jo em protegia. Em dolia tan endins veure't perduda en el teu propi descontrol. Tan fràgil, tan dependent d'aquella ràbia que et posseïa.

Quan em vaig anar fent gran, vaig aprendre a caminar de puntetes, a amagar-me. Quan no trobes les raons per a la maldat de l'altra, t'has de buscar un refugi. Aleshores és quan pots descobrir l'art extraordinari d'esdevenir invisible.

El 1680, l'antiquari i escriptor anglès John Aubrey va recuperar una recepta Rosacreu: matar una serp a la mitjanit del solstici d'estiu, espellar-la, posar la pell a assecar a l'ombra i després esmicolar-la fins a fer-la pols. Després, cal serrar el polsim entre les mans i així, mentre sentiu aquella arena fina a les palmes tancades, us anireu fent invisibles. Si això no funciona, podeu optar per recitar el noms dels diables: Athal, Bathel, Nothe, Jhoram, Asey, Cleyungit, Gabellin, Semeney, Mencheno, Bal, Labenenten, Nero, Meclap, Helateroy, Palcin, Timgimiel, Plegas, Peneme, Fruora, Hean, Ha, Ararna, Avira, Ayla, Seye, Peremies, Seney, Levesso, Huay, Baruchalú, Acuth, Tural, Buchard, Caratim, i acabar la recitació amb la invocació *per misericordiam abibit ergo mortale perficiat qua hoc opus ut invisibiliter ire possim.*

Tot i que, com molts infants de l'època, em vaig deixar seduir per la història de *L'home invisible* que havia vist a la televisió en blanc i negre, el meu desig no era d'invisibilitat sinó de desaparició: no fer-me notar. El silenci era un regal. Quan feia estona que no sentia la Marina, les estones que em passava al jardí o a la meva habitació eren precioses: però calia saber jugar en silenci, moure's amb gestos de dansarina, tenir converses mentals amb les nines.

Quan la Marina es manifestava —com si fos un esperit virulent vingut del més enllà—, em semblava que l'aire s'esquinçava. El seu desig de control sobre mi, vigilant que no fes malbé res, que no embrutés res, que no m'embrutés... era tan determinat que aplanava les ànsies de jugar. La Marina trobava qualsevol motiu per interrompre el meu moment de solitud i joia.

A cops, semblava surar dins d'una bombolla, fora del temps i de l'espai. Per això, els vivents pròxims a ella li érem un impediment, una topada amb la seva realitat. També li feien nosa els animals —va fer desaparèixer un colomar que hi havia al jardí, i un gos amb qui jo jugava—. Em va permetre tenir una tortuga, segurament perquè als seus ulls era un ésser més aviat mineral. Les plantes d'interior no li vivien; les del jardí se salvaven miraculosament del seu control. A la seva manera, se les estimava, potser perquè no les tenia del tot per seves, sinó que les compartia amb un exterior del qual es refugiava. Tots els éssers animals i humans veníem a ser uns meteorits que li torçàvem la pròpia trajectòria. Cal dir, tanmateix que la Marina no vivia a tocar de les estrelles. Pertanyia al món subterrani de les coves i de les roques, dels animals ignots tan propers al centre de la Terra que ningú no ha arribat ni a detectar-ne el batec. Una mena de salamandra. Immune al foc.

Hi va haver un dia, un sol dia de la meva infància, que encara ara em sembla esplendorós.

La Marina es va llevar de bon matí una jornada d'estiu que apuntava un gran sol enmig d'un blau esclatant, va treure totes les meves joguines del petit cobert que hi havia al jardí i les va col·locar arrenglerades enmig de les plantes, entre el llimoner i la figuera, sota els estenedors que corrien a banda i banda: la cuineta amb la vaixella i els estris per cuinar, el supermercat i els comestibles de plàstic, les nines, una al costat de l'altra com si estiguessin prenent la fresca, la pilota, les cordes de saltar amb cascavells que feien dring-dring, els patinets de quatre rodes, un trenet i el tricicle. Va omplir un gran cubell d'aigua clara i fresca, des d'on es reflectia la llum encegadora d'aquell dia, i aleshores es va fer la màgia: va estendre una lona groga, immensa, per damunt dels estenedors fent tendal, de manera que tot, les joguines i l'aigua van quedar tintats d'una llum daurada, i el moviment lleuger de l'aigua a la superfície de la qual hi tocava el sol de tant en tant, es projectava clar i esclatant contra la lona fent mirallets. Jo em passejava per sota d'aquella tenda sentint-me capturada per la llum, feliç que la Marina hagués organitzat aquell encanteri, que hagués creat aquell món perfecte de llum i aigua que ens encabia a totes dues. Vaig tenir la sensació fugaç de completesa, d'estar segura que a partir d'aleshores ja no em caldria res més, la vida transcorrent sota una vela. No sé si vaig sentir que l'estimava. Probablement vaig voler que després d'aquell moment m'estimés per sempre.

La realitat per a ella devia ser una altra: aquell matí es devia haver llevat presa del furor de neteja —netejar, donar sentit als dies buits, a la seva insatisfacció; neteges sobre net, Marina, li diuen les veïnes.

Durant molts anys, cada vegada que la magnífica escena de la lona groga em venia a la memòria, encara m'era possible sentir l'emoció primera d'aquell dia d'estiu i l'esclat de la llum a l'aigua reverberant contra la tela groga. Ara, en canvi, és només un record sense emoció. Potser perquè he viscut molts anys al nord i he après a estimar la llum tamisada i la multiplicitat de tons que fa el gris quan tapa el sol, potser per això, estic a resguard de la nostàlgia.

L'escena de la llum contra el tendal és un apart en la meva infantesa. Com si un dels personatges principals de la faula hagués sortit de caràcter i el guió s'hagués capgirat. Ara em sembla que l'esclat de llum contra la lona em va ocultar la mirada extraviada de la Marina, aliena al meu propi engany que volia ser una certesa: que ella i jo podíem ser felices sota una volta de llum.

Un dia, tot simplement, vaig poder dir prou. Un dia, als catorze anys, quan vaig deixar de creure definitivament en déu i vaig començar a pensar que estaves boja, perquè cap altra cosa podia explicar que jo et pogués suscitar tanta còlera, et vaig aturar. Vaig veure venir els teus braços cap a mi, descoordinats com sempre que feies aquelles embranzides, i vaig parar-te el cop amb la mà dreta. Va ser decisiu. Els meus ulls et van dir prou. A partir d'aquell dia em vas deixar de pegar, de la mateixa manera sorprenent que temps abans se m'havia acabat el desig de mentir.

Des d'aleshores vas començar a remugar, com si parlessis amb algú. Jo m'amagava per sentir què deies; de tant en tant pronunciaves el meu nom, i després mormolaves «que se'n vagi, que se'n vagi», com qui celebra un ritual, conjurs de bruixa. En aquells temps, jo me n'anava només d'esperit, fumant haixix. Després vaig aprendre a anar-me'n fent servir l'amor, l'enamorament que em permetria dissoldre'm en l'altre. Dissoldre's en l'altre, vaig aprendre-ho, era també una manera de deixar-se posseir. L'amor, per tant, no era fugir, sinó perdre's en el camí de la fugida. L'amor, malauradament, podia néixer de les coves, ser mineral, però també ser una bèstia a punt d'envestir.

LEPIDÒPTERS

Segons la creença que circulava en la família de la Marina, els difunts retornen sota la forma de papallones. Alguns dels membres d'aquella família eren fervents seguidors de les pràctiques espiritistes, qui sap si per sentir-se encara part dels cercles que havien deixat a França. Tu havies expressat més d'una vegada la il·lusió que et feia convertir-te un cop morta en papallona, o en arna, deies rient, burleta, d'aquelles que viuen en els estams i els estigmes de les iuques.

Setmanes després de la teva mort, em vaig adonar que ja m'estava bé que estiguessis morta. Tot i així, vaig anar descobrint que m'habitaves el cos. Et trobava en els meus gestos i lamentava veure't replicada en algunes de les meves reaccions. Sobretot, quan feia irrupció l'amor, jo deixava de ser jo i passava a ser tu. Una mena de transsubstanciació. ¿Com es pot aprendre a ser dona més enllà de la mare? ¿Com es pot extreure la mare, com una excavadora extreu les pedres i la terra que li fa nosa? Deixar-te volar, deixar-te ser arna o papallona.

La teva maldat no va ser, de fet, una maldat de reina de conte, ni de les que fan pel·lícula i donen per parlar a les filles de les grans actrius de Hollywood. No era aquesta la maldat que corresponia a la teva classe social. Tu infligies una maldat petita i persistent, invisible als altres, que alternaves amb breus moments de bonança, amb pujades, descensos i rebrots que encara la feien més pertorbadora, perquè un infant més que brúixoles vol camins.

Les classes modestes en aquella època no teníeu ni recursos ni formació per saber quan us feia falta un «metge de l'ànima», llevat de casos flagrants que requerien l'hospitalització. A més, ja se sap, les dones són totes una mica boges. Les teves armes de seducció feien que als ulls dels altres fossis més aviat una excèntrica, una aspirant a *vamp*. Hollywood aleshores arrasava oferint un model de dona desitjable, a cops banal, molt sovint malvada, enigmàtica, inassolible, extravagant, brutal. Un model de dona que contravenia la religió, la moral, les normes estrictes de la dictadura.

No tota bogeria és maldat, però la maldat no hauria de ser mai perdonable.

Es feia difícil estimar-te; jo ho desitjava obstinadament. Em faltaven paràmetres per mesurar el meu amor o calibrar-ne l'absència. Intuïa que el meu amor era dèbil, i que la meva exigència de ser estimada el superava. Els treballs manuals que feia a l'escola i que t'oferia de regal eren desastrosos: les puntades, malgirbades; els dibuixos, de línies poc precises, de volums erronis. La vista i la mà no m'obeïen. Tu rebies aquells regals amb menyspreu. Semblava que et costés creure que la teva criatura fos tan poc talentosa. ¿Com m'havies d'estimar?

A la classe de francès acabàvem de llegir un poema de Victor Hugo. Jo devia tenir uns dotze anys i volia sentir aquell amor especial i únic que segons el poeta tots sentim cap a la mare: «Oh, l'amour d'une mère, amour que nul n'oublie...», l'amor que ningú oblida, diuen, el de la mare. Vaig pensar que una manera d'evocar-lo podria ser a través de l'escriptura. Vaig decidir descriure't en una de les petites llibretes on escrivia metòdicament cada dia, i que tu de tant en tant, en una ràtzia improvisada, destruïes sense ni tan sols mirar què contenien. Seria, per tant, la descripció literària més que no pas les manualitats el que m'ajudaria a mostrar l'amor que sentia cap a tu. El redactat em donaria pistes per saber què de tu m'era especial, per poder sentir, en paral·lel al fluir de les paraules, la tebior que m'havia de produir la mesura de l'amor.

Vaig agafar una de les fotografies que t'havien fet de jove en un estudi, un primer pla cuidat, amb el cap una mica decantat endavant. No hi somrius gens; poques vegades somreies, a les fotos. Hi tens l'aire malenconiós que t'era habitual, i un gest de retret, de qui tot i ser tan jove es malfia del món. La mirada de qui es disposa a retornar el mal que li estan fent.

Res en aquella fotografia m'inspirava a escriure. Només hi veia una cara agradable. Ara m'adono que no vaig saber veure-hi un cert buit, una mirada absent. Aquella hauria pogut ser la fotografia d'una cara de cera, amb una cabellera ondulada, uns pòmuls alts de pantera, un serrell curt i recte que emmarca un front llis i capficat.

Vaig agafar el bolígraf i vaig fer el primer intent de redactat. Em vaig fixar en les teves celles: extraordinàriament primes i perfilades amb llapis. Les línies estaven ben dibuixades, fent un arc dolç per damunt les conques. Vaig aplicar-me per trobar una comparació que em donés l'entrada per descriure aquell rostre, però no me'n sortia. Fins que vaig fer una provatura: compararia les teves celles amb les ales d'una papallona. Vaig recordar un dia quan de petita vas obrir les mans, dues papallones, i te les vas fregar, i me les vas ensenyar i jo hi vaig veure boletes de pell que em van esgarrifar.

Em va semblar, per tant, que una libèl·lula seria més evocadora. Aviat me'n vaig cansar. La comparació era carrinclona, massa dolça, falsa. Res no em servia per començar el redactat. Res no em prometia el plaer de la descripció, res no m'impulsava a seguir. Escriure't d'aquella manera era trair-me. Ho vaig deixar.

Aquell dia vaig comprendre que potser no t'estimava. O que havia deixat d'insistir en el meu amor. Va ser la confirmació que se m'obria un llarg camí de solitud.

El seu llapis d'ulls

MANS

L'any 1954, Joséphine Fritteau, l'última puntaire de Bayeux, va obtenir el diploma de «millor obrera de França» atorgat pel president de la República René Coty. El premi el va assolir per la confecció excelsa d'un mocador de puntes. Als anys vint, Fritteau, amb la posició oficial de puntaire al seu haver, va començar a fer classes a les escoles dels voltants del seu poble, especialment durant els estius, moment que moltes nenes aprofitaven per aprendre o perfeccionar l'ofici.

Fritteau havia après a fer punta en un dels tallers de la Maison Lefébure, on va entrar als catorze anys i on es desplaçava cada dia tot i haver de fer una caminada de vuit quilòmetres. El 1887, Ernest Lefébure, que a més de ser fabricant administrava el Museu d'Arts decoratives de París, havia publicat *Broderies et Dentelles*, un llibre a mig camí entre la història i la sociologia dels brodats i les puntes a França, on afirma que «les puntes són el teixit més poètic. Sovint se les ha cantades en vers; és com si lluny de velar la bellesa, l'envoltessin d'una aurèola tan vaporosa o d'un marc tan apropiat, que han encantat la imaginació de molts poetes».

Als anys cinquanta, les puntes ja havien passat a ser

considerades un producte de luxe. La substitució gradual d'aquesta artesania per raó dels processos industrials va fer que la producció de puntes fos cada vegada més exclusiva, tot i que les brodadores i les puntaires no van pujar mai de categoria social i es van mantenir sempre en una zona molt marginal de la producció econòmica. Amb tot, a l'època i a les cases treballadores encara era habitual trobar-hi mocadors, llençols i tovalloles brodats i roba interior de punta.

¿Com encoratjar un ofici que exigeix un aprenentatge lent, una alta concentració, i sovint la solitud, malgrat que es pugui compartir espai en un taller? Per confegir un centímetre quadrat de punta cal una mitjana de set hores de dedicació. Tota una jornada per veure néixer la meitat d'una flor, un quart d'una forma geomètrica.

L'arribada de la industrialització va comportar també un canvi en l'apreciació estètica, i les puntes i els brodats passen a ser de mica en mica invisibles. De fet, ja no sabem llegir les puntes, distingir-ne les diverses tècniques ni, per tant, valorar-ne l'elaboració. El Museu de la Punta d'Arenys, per exemple, posa de manifest la gran ignorància que tenim a l'hora de comprendre el gran treball artístic que moltes dones i nenes, i algun home, van produir al llarg de segles.

La Marina havia arribat a confeccionar centenars de peces de punta, centenars de brodats. Algunes ajudada per la seva mare, l'Émilie, o per les germanes de l'Émilie, filles d'una primera generació de franceses establertes a Barcelona a principis de segle xx i amb l'ofici de brodadores passat de mares a filles. Elles van col·laborar des del seu taller menut de l'Eixample a fer circular un tipus de puntes, blondes i brodats seguint la moda francesa del moment, que era sobretot la de les puntes de Lilla, les de

Valenciennes i les de Chantilly. La Marina, a més, es va establir pel seu compte i es va anar fent una clientela pròpia entre les llars de l'Eixample i les més benestants de Pedralbes. Els seus brodats, més que no pas les puntes, eren impecables; no s'hi podia distingir l'anvers del revers. Les figures que hi dibuixava eren exquisides, i de vegades, quan brodava jocs de taula nadalencs, hi introduïa escenes divertides: Pares Noel panxuts que llisquen per la neu —als anys quaranta i cinquanta aquest personatge era poc conegut al país— o encantadors ninots de neu amb nas de pastanaga. El treball de la Marina era apreciat, i de fet, els seus brodats i les seves puntes valien el doble del preu habitual. Era complidora en el lliurament de la feina, i cada dissabte al matí, acompanyada del seu nebodet, repartia la feina feta casa per casa. No va voler mai que ningú ho fes per ella. Deia que la feina no estava enllestida fins que ella mateixa la lliurava, ben planxada, emmidonada i plegada, a mans de les minyones que li obrien la porta, i moltes vegades de les senyores que sortien a felicitar-la.

La Marina, amb els anys, s'havia anat desfent d'aquestes peces en la mesura que ja no es portaven. A més, tenia molt poca afecció pels objectes, no en guardava cap, era immune al valor sentimental que podien posseir, ni al temps que encapsulaven.

Una cosa no l'havia preocupada mai en excés, els seus orígens de classe. Tot i no saber ben bé d'on venia, ja que la memòria dels seus ancestres es perdia en algunes ciutats de França —París, Llemotges, potser Lió—, sí que sabia, en canvi, el lloc que ocupava en la societat barcelonina. Al taller de l'Eixample se sentia com el que era: una treballadora explotada. Des de joveneta havia parat atenció a les coses belles, a la manera de fer i comportar-se de certa gent de la burgesia i sobretot de les actrius de cinema. Sabia, però, que mai no podria assolir uns espais que socialment no li pertocaven, i ho acceptava sense més. Mai no podrem mesurar, però, el dolor i la frustració de la classe obrera, l'energia que cada persona posa a no passar de la ratlla, a no voler subvertir les jerarquies, a no aspirar gaire alt.

Diguem que la Marina va ser una autodidacta del gust, sobretot del gust pels vestits. Es fixava en les formes, en triava les teles, i cercava ajuda en les millors modistes de la ciutat per fer-se els vestits que copiava de les revistes, o que dibuixava així que sortia de veure una pel·lícula on una actriu lluïa algun vestit que l'havia fascinat. Recordo que un dels pocs dies que em va venir a buscar a l'escola, s'hi va presentar amb un vestit evasé de seda acolorida, amb una obertura amb forma de triangle a l'escot —una barreja de colors exultant, lluminosa, de roses, vermells, blaus i verds, que feia unes aigües diagonals i que quan es movia se li obria una mica de sota, com si l'aire li entrés per les cames i la transformés en una flor-campana—. Tothom se la mirava i jo em moria de vergonya. Però sabia que aquell vestit era meravellós; l'havia copiat fil per randa d'una fotografia que havia trobat de la Liz Taylor.

Guardo unes quantes fotos de la Marina de jove, que es van salvar de la seva garbellada letal. En unes se la veu caminant pel carrer amb amigues. En d'altres avançant en grup de bracet, i en altres totes aturades, mirant a càmera. En moltes, la Marina desvia la mirada, com si en aquell precís moment se li hagués aparegut algú que només ella pot veure, o com si amb aquella mirada s'absentés del lloc. És la mena de transmigració mental a què em tenia acostumada.

En aquestes fotografies crida l'atenció la manera de vestir impecable de la Marina, la seva modernor a l'hora de pentinar-se en contrast amb els vestits de les altres noies, més modestos. Però el que tenen totes aquestes noies en comú és la manera determinada de caminar que s'intueix en la forma que tenen de fer avançar el cos, com si entre totes en formessin un de sòlid.

Aquest tipus d'imatges componen un corpus abundant que deu reposar en milers de cases de tot el món. Van ser preses quan pels carrers de les ciutats de molts països hi havia fotògrafs ambulants. La majoria d'aquestes fotografies no han circulat mai. El 1959, una data no gaire allunyada de les fotos de la Marina amb les seves amigues a Barcelona, Francesc Català-Roca en va fer una d'excellent a Madrid, «Señoritas paseando por la Gran Vía», però les va fotografiar d'esquena. Obviava, així, la mirada probablement divertida i mig insolent de les sis noies quan avançaven en grup i de bracet, emplenant les voreres, amb passes llargues i rialles probablement estridents i una mica descarades. L'intent, en definitiva, de fer-se seu un espai —físic i social— que la societat del moment els negava.

Que les fotografies on surt la Marina s'hagin salvat és força incomprensible, perquè periòdicament es desprenia dels objectes sense cap necessitat de ritual de transició, sense cap gest de ressentiment ni d'enyor anticipat. Podia llençar a les escombraries gerros, jaquetes de cuir d'última moda que venien de París o de Londres, petites joies de disseny en aquell país, on fer entrar la novetat per vies fàcils era difícil. Un dia, fins i tot, un escombriaire li va tornar una faldilla de pell pensant-se que l'havia llençada per equivocació.

Aquesta manera de fer constituïa, sens dubte, una de les característiques de la seva posició al món, ja que la Marina no es limitava a llençar el que li pertanyia, el que era indiscutiblement seu —les peces de roba, les fotografies, els seus papers, les quatre joies—, sinó que acabava amb allò que dels altres li feia nosa. Així va ser que van desaparèixer, com si haguessin estat polvoritzats per l'envestida d'una bandada de bisons, els meus quaderns d'escola i les llibretes on jo escrivia contes. Els meus papers li semblaven fora de lloc. Per fora de lloc cal entendre literalment un objecte que havia quedat desplaçat d'una col·locació que segons ella era la correcta. Jo, per salvar el que per a mi eren tresors, havia de trobar amagatalls al terrat o fins i tot a la bústia. La Marina no defallia. El seu nas era un musell.

Va ser així que aviat, molt aviat, es va anar forjant dins meu la necessitat de fugir. ¿Què més podia fer si ja m'estaven traient de casa? La maleta de joguina amb què jugava als cinc anys, es va convertir en una motxilla de debò als setze. Una mica de sabó, una tovallola, dues túniques índies, una llibreta. Al principi eren els caps de setmana a casa de la meva amiga Cristina, després van venir altres dies entre setmana, fins que quan vaig fer els divuit, me'n vaig anar definitivament, sense agafar res més de casa la Marina. Em bastava a mi mateixa.

Un cop morta, vaig trobar mocadorets brodats dins les seves bosses de mà, tan elegants i que encara conservaven una mica del seu perfum. La Marina no hauria concebut sortir al carrer sense una bossa on desar-hi un mocador, un mirallet, el pintallavis, el moneder. A mi no se m'hauria acudit mai sortir amb mocador, de fet, encara avui no penso mai a sortir de casa amb un paquet de clínexs. Potser és que encara vull demostrar-me la distància que guardo respecte d'un univers femení que es manté a través de la transmissió de detalls amb els quals no he volgut identificar-me. És la mateixa rebel·lia insignificant, però alhora significativa, que es produeix en els universos petits i íntims, com el que ens va fer jurar a mi i a la meva amiga Cristina que no ens depilaríem mai a la vida.

En la meva entrada furiosa, imperiosa, al feminisme barceloní dels anys vuitanta, i en un intent de reivindicar les formes de producció femenina, em vaig obligar a interessar-me pels brodats. M'hi va ajudar una altra amiga, la Núria, que solia dur mocadors brodats impregnats de colònia. Em va atreure i commoure aquell perllongament del que li havia estat un plaer infantil. Però en mi va resultar un fracàs. Ni per acció política —posar en valor un ofici femení pràcticament desaparegut—, ni per un intent velat de fer les paus amb la Marina. Sempre m'ha quedat la recança de no haver estat una bona feminista —l'exaltació del cos matern era la norma aleshores— i, no cal dir, la certesa d'haver estat una mala filla per haver gestat, covat i guardat durant tant de temps un gust amarg cap a la mare.

Quan vas morir, vaig haver d'enfrontar-me al ritual degut de desfer armaris, maletes i bosses. Aleshores no vaig poder fer cap tria. Em costa llençar, però no m'agrada col·leccionar —massa carregós per als viatges, enutjós per a les mudances— ni tan sols els llibres; prefereixo d'entrada no adquirir, fer circular els objectes. De totes aquelles peces brodades —de fet, ho brodaves absolutament tot, les tovalles, els draps de cuina, les tovalloles, les fundes de coixí, els guants...— en veig, ara, la bellesa. Fa poc vaig donar gairebé tots aquells tresors a unes dones joves que tenen un negoci de lloguer de roba antiga per a rodatges de cinema. No podia imaginar un millor destí per a la roba brodada per la Marina. M'han dit que em trucaran quan una d'aquelles peces surti en una pel·lícula. La seva roba s'ha convertit en un personatge de cinema.

Ben a principi del segle xx, en plena obsessió higienista, entretenir les mans de les dones elaborant un producte tan bell com les blondes i les puntes va arribar a ser considerat una activitat saludable i fins i tot recomanable. Així, el 1903, uns diputats francesos van decidir que fer punta era una cosa bona per a totes les dones, «Permet que les mans més dèbils estiguin ocupades i omple les estones mortes. És beneficiós en el món rural, ja que permet que les obreres s'organitzin el temps i el puguin alternar amb les feines del camp. També és bo per a la família, ja que permet a les dones quedar-se al poble i així els homes poden fundar una família i deixar d'emigrar. Va bé també per a la salut ja que arrenca les dones i les joves de l'apilonament de les fàbriques insalubres».

Això no obstant, gairebé dues dècades abans, el 1886, Guillaume de Greef, professor a l'Escola de Ciències Socials de Brussel·les, en l'estudi *L'ouvrière dentellière en Belgique*, havia descrit les brodadores i les puntaires com a éssers que viuen en condicions miserables, deixats de la mà de déu i explotats a l'extrem; per una jornada de dotze o tretze hores, ens diu, no arribaven ni a guanyar un franc. No és sorprenent, doncs, que quan van arribar les fàbriques, tot i la insalubritat generalitzada, les dones s'hi decantessin en detriment d'un ofici artístic, bell, segur i net, però que no les treia de la misèria.

Després del meu naixement, vas abandonar els brodats. No tenies temps ni ganes de capficar-te en una feina de detall. Anhelaves els espais oberts que per una estona et vas pensar que t'aportarien les audicions per fer de figurant. Fracassat aquest pla, vas preferir el món de la cuina, una manera de retrobar-te amb la teva àvia Louise, una de les persones que més t'havia estimat.

La meva presència et destarotava el teu univers ja de per si caòtic i que ara es poblava d'unes noves veus que no sabies amansir. No venien de dins teu, aquesta vegada, eixien del meu cos petit, que et reclamava, i això t'enfellonia. No hauries suposat mai que el naixement de la teva filla —un naixement que havies desitjat amb fervor— t'havia d'ocasionar aquest desori. Potser per això et va semblar que posar ordre —ordenar tots els objectes d'una determinada manera, de la qual només tu sabies la lògica, netejar-los, netejar la superfície on reposaven, netejar els passadissos i les habitacions un cop i un altre, llençar periòdicament allò que et destorbava—, t'havia d'ajudar a retrobar el desordre conegut, que era al cap i a la fi la teva manera de pensar la pau. Vas adonar-te que jo en comptes de ser un somni havia vingut a trencar els teus.

Després del meu naixement i durant dos anys, se't va posar entre cella i cella que algú em volia mal, i vas trobar en la carbonera del barri la responsable dels teus temors. Cada vegada que sortia al jardí a jugar, la carbonera se'm quedava mirant des de la finestra de la casa del davant. Recordo vagament una dona vestida de negre, però potser en el meu record extrapolo la negror de la seva botiga de carbó i la traspasso a la seva pell, als seus vestits. Sigui com sigui, tinc gravades les arrugues del seu coll plenes de pols negra, i uns ulls d'un fosc fulgurant que em miraven sense somriure, concentrats i incisius. Jo em devia quedar callada, amb la perplexitat de veure un adult tan parat. Tu, intuint alguna cosa a través del meu silenci, sorties al jardí i la incriminaves i m'apartaves de la seva vista. Més tard em vas explicar que aquella dona volia fer-me un mal d'ull. És per aquesta raó que et vas proveir d'una agulla de pit amb una medalleta on s'hi llegia el meu nom, i me la clavaves cada matí a la part esquerra dels meus vestits, prop del cor. De vegades te'm quedaves mirant, i excepcionalment em somreies, i aleshores feies el que tan estrany t'era: em passaves el revers d'una mà per la galta, suaument, i m'agafaves la mà, la que sempre em fa mal, i me la besaves. Pobreta maduixeta, pobreta flor.

De seguida que vaig començar a caminar i a encuriosir-me pel que anava descobrint, la meva presència et va anar confonent cada vegada més. Vaig anar controlant el meu cos, ja no em calia la teva vigilància per anar neta. Caminava, i corria, obria portes, m'enfilava a les cadires, agafava objectes. Un dia vaig tombar un gerro de porcellana, que es va esberlar en trossets, i tu, en comptes d'assegurar-te que no m'havia fet mal, vas escridassar-me i em vas pegar. Recordo vagament l'escena; va ser una veïna de l'altra banda de jardí qui —ja molt velleta— me la va explicar fa uns anys. Em costa imaginar-te completament aliena a la teva pròpia fúria. Més aviat penso que te'n vas sentir sempre culpable sense admetre-ho. I que aquesta dissociació va ser una de les causes del teu malestar amb el món. Havies desitjat una filla, havies desitjat la meva vida, això m'ho vas dir sempre. Aleshores, ¿quina distància tan gran entre el somiat i el viscut et va deixar paralitzada? ¿Quin preu tan gran vas estar disposada a pagar per no superar-la?

Sabies que em costava estimar-te. Una filla, ¿arriba mai al grau zero d'amor a la mare? Un dia a les notícies de la televisió van sortir unes imatges d'un jove assassí davant d'un tribunal de justícia. Tu et vas preguntar què devia pensar la seva mare en aquell moment. Estaves segura que encara se l'estimava. A mi, la teva opinió, d'altra banda bastant generalitzada, em va revoltar. O sigui que per a tu els fills s'estimen simplement perquè són els propis fills. Tant és que s'hagi estat bo com dolent. Vaig sentir gelosia d'aquell criminal que semblava haver-se guanyat l'amor de mare a perpetuïtat. Em vaig sentir molt a prop del ressentiment del germà del Fill pròdig.

Vaig aprendre a no plorar, ja de ben petita, i aquesta capacitat la brandia amb orgull. L'única traça que em quedava de dolor després de cada esbatussada era el mal a la mà esquerra, com si una modesta part del meu cos gosés queixar-se, aquella que potser es volia agafar a alguna cosa que no trobava. Era l'únic tros de carn meva que es queixava. L'única que es feia sentir. Les altres parts, callaven.

De vegades, fins que vaig ser una mica gran, m'orinava com un cadell, el meu propi cos m'humiliava. Cada cop que cridaves, encolerida, sentia que la bufeta se m'obria. Això t'enrabiava. Trobaves les meves calcetes molles. I així ho vas fer saber un dia que va venir a berenar a casa la meva estimada amiga Júlia —la meva millor amiga, com n'hi deia—. Quan estàvem totes dues entretingudes, i tu feies, per a gran sorpresa meva, les funcions de mare convencional —servies la xocolata i les galetes— et vas despenjar anunciant «Mira-la, tan gran, i encara taca les calces, aquesta bruta». A la Júlia, potser morta de vergonya com jo, però no tant, que jo em volia morir de veritat, se li va escapar el riure, i vaig sentir que en aquell moment perdia un altre ésser estimat en un gest de traïdoria.

La Júlia s'hauria d'haver aixecat, li hauria d'haver tirat la xocolata per damunt el vestit immaculat i ben planxat. Hauria d'haver llançat les galetes a terra, les hauria d'haver trepitjat i escopit. I després, com qui agafa la noia de la pel·lícula, d'una revolada m'hauria d'haver fet sortir de casa, corrents totes dues contra un horitzó de posta de sol. Hauríem corregut al límit de l'alè, fins a trobar una caravana als marges de la ciutat, ben lluny. Però la Júlia va quedar-se asseguda i va riure. Va riure tant.

Em sembla que he estat esperant tota la vida aquella mà imaginària, que m'agafés d'una revolada per anar lluny. Una mà que em fes el fugir menys solitari.

Cap al final de la seva vida vaig aconseguir veure-li les mans d'una altra manera, a la Marina. Em vaig permetre admirar-les. Eren belles, i les movia amb una elegància que contrastava amb la seva absència de raonament, amb la seva demència. Allà on la vista se li perdia, les mans li responien de forma pausada. Si es pogués dir de les mans, diria que les movia fent tentines. Acaronava els objectes. Es notava que era per prudència, com que anava desaprenent la funció de les coses, tocant-les amb cura s'assegurava una protecció, perquè ignorava quin objecte li podia fer mal o desplaure. No eren, per més que diguin dels dements, ulls d'infant els que aplicava a cada cosa que acaronava. El seu cos era vell i, per tant, ple d'experiència. No sabia reconèixer els objectes, però ens equivoquem si ens pensem que li eren nous.

Un dia, passats mesos ja de la teva mort, mirant-me les mans, vaig adonar-me que tenia els teus dits. No era pas la transsubstanciació el que temia. Em dolia el fet pla i simple d'assemblar-me a tu, de descobrir rèpliques teves en el meu cos. Jo que tenia, segons tu, unes orelles grosses, i que de petita t'afanyaves a dissimular amb barrets, jo que tenia les cames i els braços peluts, contràriament als teus, d'una llisor impecable, jo, que tenia un cos que t'havia anat desesperant en comprovar que adquiria una forma diferent de la que a tu t'hauria agradat, jo, ara, em veia convertida en una doble teva.

Probablement les mans més conegudes de la pintura occidental són les de Déu i Adam del fresc de Miquel Àngel. La mà dolça i desvalguda d'Adam i la mà segura de Déu. Una mà novella i ignorant, la del jove Adam, l'altra, la d'un artesà intemporal que assaja de donar forma al darrer ésser animat d'un món que acaba de crear. Una vareta màgica. El conte perfecte. Déu acaba de crear un cos humà i de donar-li un lloc en un paisatge que li és desconegut. Anar del no-res a la creació és sens dubte la primera experiència de ser deixat a la deriva. Lliure albir, en dirà la religió, perquè és l'home qui al capdavall té el privilegi d'anar-se creant, de fer-se el destí: «Déu ens ha creat el menys possible», va deixar escrit Blanc de Saint Bonnet.

De petita, aquestes mans em captivaven, més exactament el punt tantes vegades reproduït que anticipa la unió dels dos dits que no s'acaben de tocar. L'alè de Déu. A aquesta imatge, s'hi va afegir la cara astorada —ulls i boca esbatanats— d'un dels ciclops de *La fragua de Vulcano* situat a l'extrem dret del quadre, i que em va enamorar així que el vaig descobrir en un llibre escolar. Aquest personatge sembla ser l'únic de l'escena que perd el control corporal. El seu astorament humanitza els cossos gairebé nus i impertorbables dels altres treballadors de la forja que se sostenen en les postures clàssiques de l'academicisme pictòric. En canvi, el poder de la figura d'aquest jove ajudant, d'expressió una mica beneita, mimetitza la reacció que probablement hauria tingut l'espectador si s'hagués trobat de manera imprevista amb la visita del déu Apol·lo portant una notícia sorprenent. El ciclop, a més, és l'únic que no compleix amb la perfecció pictòrica que Velázquez va voler en els altres personatges: té la cama dreta desdibuixada. De la mateixa manera que Velázquez dissimula la coixesa de Vulcà fent-li fer una lleugera decantació de maluc, al ciclop, en canvi, li deixa la cama a mig dibuixar, com si de sobte el pintor hagués estat envaït per la mandra. Jo, en el meu enamorament infantil, em prenia el defecte de la pintura com una sorprenent negligència d'un pintor que d'altra banda em trasbalsava —somiava de manera periòdica que era la infanta rossa de *Las Meninas*, però que en comptes de vestit, duia una pesant làmina de metall.

Recordo, quan caminàvem per carrers d'arbres prims tan freqüents a Barcelona i que a mi m'entristien tant, haver pensat que si en aquell moment no hagués tingut la meva mà esquerra dins de la teva mà dreta, m'hauria mort de pena. Després, quan em vaig fer una mica més gran, la teva agafada es va acabar. Ni tan sols em donaves la mà en les rares ocasions que em venies a buscar a l'escola —una nena gran que vivia prop de casa es va acabar encarregant d'acompanyar-me tant en el camí d'anada com en el de tornada—. Ben aviat, vaig anar i tornar de l'escola sola. Millor, pensava jo. M'avergonyia de tu, dels teus vestits virolats, de les parts del cos que deixaves veure, de les coses que et deien els homes pel carrer. De fet, no miraves res ni a ningú. Quan caminava amb tu, ho feia sempre avançant-me, deixant-te a la meva esquena. Caminava, saltava, m'aturava a mirar aparadors. Volia que la gent que es fixés en mi pensés que anava sola. Una nena sola. Una nena de ningú. Una nena que vivia a la perifèria on confluïen tots els mons possibles. Un autèntic barri de meravelles.

Un dia, d'aquells que em vas venir a buscar a l'escola —i un que va acabar sent dels més nefastos—, aprofitant les passes que jo et duia d'avançada, et vas amagar. Jo em vaig girar, com fan tots els infants, per veure on eres, i no et vaig veure. Vaig mirar a totes bandes, desesperada. Allò era haver quedat sola de debò, la realitat que em queia al damunt sense fantasies. Vaig adonar-me que la solitud podia ser aterridora.

Vaig continuar avançant, de pressa, amb l'únic objectiu d'arribar a casa, a partir d'allà ja cercaria una salvació si no et trobava. Tot i saber de sobres el camí, la teva desaparició havia fet caure les referències del paisatge que m'envoltava i ara em semblava totalment nou, com li devia semblar a Adam el primer dia de ser a la Terra. Mirava a totes bandes, vaig començar a suar, estava tan espantada que no podia ni plorar. Devia obrir la boca i els ulls. Com el meu ciclop de la forja.

Quan vaig arribar a la porta de casa, vaig quedar-me dreta, esperant. Al cap de poc et vaig veure venir, travessaves el carrer, feies una ganyota estranya, a mig camí del riure i de la ira. Quan vas ser al meu costat, em vas dir, així n'aprendràs.

Vaig aprendre, sí, que aquell ésser que et sembla que pot salvar-te d'un paisatge desolat també et pot trair. Obrir la mà i deixar-te anar. No em vaig saber avenir que tot plegat hagués estat calculat. Que m'haguessis llançat al buit. Allà, sense la xarxa de les teves mans, sola en un nou món.

Aquella nit, la mà esquerra em va fer mal, ho recordo vivament. Tot i així, del dolor de la traïció també en vaig començar a intuir el gust dolç de la llibertat.

La dolcesa d'imaginar-me el món sense tu.

SACRA LACRIMA

El teu plor, la freqüència, la manera de manifestar-se, va anar canviant amb el temps. De petita, et veia plorar al cinema; t'eixugaves les llàgrimes amb un mocador. De vegades deixaves que et regalimessin galtes avall, fins a trobar-te els llavis, que feien una ganyota mig de dolor mig de joia. Em semblava que t'agradava plorar. Almenys plorar d'aquella manera, en la mitja foscor, amb la mirada fixa a la immensa pantalla, veient discórrer els drames de la humanitat. Estaves totalment abstreta en les imatges, i crec que t'oblidaves que al teu costat hi havia una nena que no participava de la història que transcorria davant nostre, sinó que estava atenta al desenvolupament d'aquesta altra escena en què tu eres la protagonista. Sorties del cinema amb el rastre del rímel sota els ulls.

No vaig veure mai que ploressis en públic, llevat de la residència d'ancians, on pràcticament vas estar plorant, em van dir, cada dia dels quatres anys que hi vas viure. Quina humiliació t'hauria suposat comprendre el teu estat, tu que havies tingut tant orgull i no t'hauries permès sucumbir al plor davant de tothom. Durant aquells anys et va desaparèixer, doncs, el riure esclatant, cinematogràfic, emmarcat per unes dents grosses i blanques, gairebé perfectes, unes dents intactes que vas mantenir fins a la mort, i uns llavis ben dibuixats i molsuts que et donaven, deies amb satisfacció, un lleuger aire africà.

Riure i plorar eren dos extrems que em trasbalsaven perquè tots dos podien acabar sent la porta d'entrada o bé a un llarg ensopiment o bé a una exasperació passatgera. Un dia al cinema, et vas aixecar en plena projecció de *L'home de Kiev*, i jo, esverada, et vaig buscar fins a trobar-te arraconada en una cantonada de la sala, plorant. No vas poder suportar una escena de tortura.

Davant d'aquests contrastos que m'atribolaven —vaig rebutjar ben aviat i de manera espontània la teva manca de control, que el teu amic atribuïa, irònicament, a una suposada influència russa perquè t'agradava llegir Dostoievski—, vaig esforçar-me sempre per regular el meu plor. Ni al metge, ni quan em duies a la farmàcia perquè em posessin injeccions de vitamines, ni quan em pegaves. Ningú no em veuria mai vessar una llàgrima.

A mesura que et vas anar fent gran, les teves llàgrimes es van fer més freqüents a la vegada que la meva poca inclinació al plor també va ser més notòria. En comptes de plorar, queia en un estat malenconiós que em permetia una reclusió temporal del món. Llegia, escrivia. El món, a quinze anys, ja em començava a pesar.

De petita, el desig de veure la Marina m'era sovint una urgència. Jo passava bona part del temps a casa l'Émilie, però quan em deien que la meva meva mare em vindria a buscar tal dia, sense tenir encara gaire coneixement del temps, em preparava per a la seva arribada. Tant era que l'encontre acabés moltes vegades sent decebedor. Aspirava amb un optimisme obstinat a trobar-me amb uns braços oberts contra els quals llançar-me corrents. Però la Marina no entrava amb els braços oberts, sinó que em mirava i de seguida passava revista al meu vestit, es queixava que no anava prou neta i retreia a la seva mare la seva permissivitat. La Marina m'agafava d'una revolada i m'arrossegava al seu cau.

Jo adorava l'Emília, i en aquells moments em sentia el cor partit: no me'n volia anar del seu costat, però en canvi hi havia una força molt més gran que em propel·lia cap a la Marina, tot i saber que no hi hauria ni els petons, ni les abraçades, ni els riures infinits que jo havia somiat influenciada, sens dubte, pel cinema i per la publicitat, que ensenyava escenes ensucrades entre mares i filles.

Un cop a casa de la Marina, ensumava perill i corria a tancar-me a la meva habitació. M'agradava, aquella casa, m'agradava el jardí amb les seves plantes i animalons, i els brodats que feien les ombres de les fulles a terra. Però em calia temps per avesar-m'hi. Quan ho havia aconseguit, el jardí em permetia oblidar-me de la teva presència, i aleshores era una nena feliç.

En aquella època hi havia un cartell que anunciava l'ampolleta de Toddy on es veia una mare somrient donant una cullerada del reconstituent a la seva filla. A mi em fascinaven tant aquelles imatges de mares rialleres en tots els àmbits de la vida, que vaig començar a repetir toti, toti, amb tanta insistència que la Marina, a més de comprar-me l'ampolleta, em va començar a dir Toti. Vaig ser la Toti durant molts anys. En la manera en què jo pronunciava el nom del producte, quedava esborrada la «de» doble. Una impossibilitat que es doblava en una altra: aquella imatge per a mi inèdita d'una mare i una filla en una bombolla de felicitat permanent.

M'ha estat fàcil veure't com una malvada, de conte, de

pel·lícula, de sanatori. Tu, en canvi, devies estar convençuda que la duresa formava part de l'aplicació d'una educació que no podia sinó ser bona. Exercies aquella rigidesa en la manera de pujar, deies, la filla. Això et servia també a l'hora de brodar i de cuinar. Res no s'obria a l'espontaneïtat llevat del riure i de l'enuig, dues emocions que no dominaves. Amb els anys, també et vas deixar envair encara més per la malenconia, l'atracció de l'abisme, fins al punt que en un viatge a Egipte que vas fer amb el teu amic, et vas tirar per un terraplè que coronaven unes ruïnes.

La malenconia és una bèstia adormida. Jo venia al teu costat i et deia fluixet mama, mama. Me n'anava, al cap d'una estona tornava, mama, mama. Un silenci torturador, sense final. Et seguia on eres, tornava al jardí, anava on eres, tornava a la meva habitació, comptava fins a trenta, fins a quaranta, aquesta vegada sí que em parlarà, anava on eres, però t'havies quedat petrificada, em quedava al passadís, fosc, comptava de nou, passava de cent, quan compti fins a cent deu em mirarà i em parlarà, a mi m'acabava fent mal la panxa, tornava allà on eres... però ¿on eres veritablement? Em semblava que amb aquell silenci t'havies allunyat de mi i segellaves així el teu desamor. ¿Què havia de fer perquè m'estimessis?

Amb el temps, veure una dona plorar m'ha anat revoltant. Hi he vist l'exhibició d'una feblesa mostrada sense pudor, a més d'una autocompassió exagerada i d'un desig intencionat de seduir per la via de les emocions. No entenia per què les dones no s'havien esmerçat a trobar plaer en l'autocontrol, en la capacitat de distanciar-se d'allò que de primer les pot commocionar, de dominar l'escena en comptes d'immergir-s'hi. No vaig entendre mai les lloes que un cert feminisme feia a la capacitat de plorar obertament que en teoria tenien les dones. Jo, en canvi, envejava el control que demostraven tenir la majoria d'homes, em meravellava, a través de la literatura i del cinema, d'aquesta manera seva d'entomar els drames, de saber conviure amb el dolor sense necessitat de demostrar-ne externament els efectes. És a dir, un saber viure el dolor en la intimitat. Si alguna cosa em va fascinar dels homes a partir del moment que vaig prendre consciència de la diferència que hi havia entre ells i jo, era aquesta capacitat de fer amb la realitat sense perdre els estreps. Però, tanmateix, també vaig aprendre que els homes no solen ser immunes al plor de les dones, llàgrimes de Doloroses.

Jo buscava en les biografies models femenins que em confirmessin la justesa de la meva percepció. Estava convençuda que cap de les meves heroïnes era de llàgrima fàcil.

Vaig trobar en les poc conegudes memòries de Madame de la Guette un exemple de dona que ja al segle XVII rebutjava de manera contundent certs comportaments atribuïts a les dones. Jo em vaig apuntar amb interès i orgull a la seva perspectiva, que menyspreava la feblesa —socialment lloada— de les dones, tot i confessar haver plorat una única vegada, quan es va veure obligada a separar-se del seu marit, oficial de l'exèrcit reial destinat a la batalla de La Fronde, de qui ella diu haver estat profundament enamorada, que va morir el 1665. Anys més tard, el 1681, Madame de la Guette escriu unes memòries, seguint l'estil de la literatura íntima de les cartes de Madame de Sevigné, en què recorda aquella separació que tant l'havia trasbalsada:

Vaig tenir temps, aquesta vegada, de vessar totes les llàgrimes que em van venir i de comportar-me com una dona en perjudici de les nobles inclinacions i de la fermesa d'ànima que m'eren tan naturals i que em feien fins i tot sentir aversió per aquelles del meu sexe que són massa toves. De fet, he tingut sempre un caràcter més decantat a la guerra que no pas a les feines lleugeres de portar les gallines a tancar o de filar, malgrat que diguin que una dona no ha de saber fer res més que això.

Cap al final de la seva vida la Marina va caure en una depressió terrible. Ho veia, però la ràbia m'impedia ser justa. Jo vivia lluny, tot i així li trucava sovint. Al principi, quan li preguntava com es trobava em deia que més bé que mai. A mi em semblava que aquella era la seva manera de dir-me que jo estava millor on era, lluny. Lluny de la seva estimada Barcelona, de la qual ara ella podia fruir sola.

Quan responia —no sempre agafava el telèfon— ho feia amb una veu fonda, com si les paraules s'articulessin a la gola i no aconseguissin arribar a modular-se a través de la llengua, les dents, el paladar. La veu se li va anar fent gradualment pastosa. La Marina, al final d'un breu intercanvi de frases, em deia que no em preocupés, que tot això li passaria així que vingués el bon temps; t'agradava el fred, però l'estiu t'ajudava a fer aigua neta. En acabar de dir aquestes frases petites, plorava. El seu plor m'enervava, però un cop penjat el telèfon, jo quedava estabornida de tristesa. Si et trucava a la tarda, quan a la meva part del món feia poc que despuntava el dia, semblaves més alleugerida, per això sempre evitava trucar-te a les nits. Sabia que tenies al costat el teu amic. Un home que sempre t'havia adorat, ja des de les teves vetllades al Rigat. Un home que havia sucumbit massa sovint a les teves llàgrimes. Hi era quan el necessitaves, feia veure que desapareixia quan li deies que no el volies veure.

Aleshores va venir un període extremament tens, encara ara en recordar-lo se m'engarroten els muscles i se'm pinça el clatell. Els metges que et veien no passaven del diagnòstic de depressió. Jo els escrivia cartes —a les institucions d'aquí encara no hi havia internet— en què els exigia anàlisis, un diagnòstic més acurat, la derivació a psiquiatria.

Amb el seu amic, van iniciar un seguit de visites als serveis de neurologia de l'hospital de Sant Pau. M'imagino la Marina espantada, el seu amic confós, atordit. Sé que d'un dels caps de neurologia van rebre respostes tan brutals com, ¿i què volen, que els solucioni la vida? És difícil ser vell a les nostres ciutats.

Desenganyat i coneixedor del futur immediat que atenyia la Marina, el seu amic es va dedicar a cuidar-la fins al final. Entre els papers que vaig trobar quan em va tocar desfer-me de les pertinences de la Marina, vaig descobrir una nota que havia escrit ell, un testimoniatge del principi i la fi, la seva pròpia veu adreçant-se a si mateix: «No em puc batre contra el futur que ja toca a la porta, i serà dur i cruel. Em conformo a cuidar-la i fer-la riure. No sé si ella en tindrà prou, però és l'únic que puc oferir-li».

El teu plor a la teva vellesa es va fer desesperat, viscós.

Vaig ser injusta.

MIRADES

Avui m'he citat amb el nebot de la Marina, el qual amb prou feines conec. Potser perquè ella es desprenia de la gent com qui es desprèn dels objectes, i quan vaig tenir edat de relacionar-m'hi d'una manera independent, ell i ella ja no es veien. La Marina tenia la necessitat d'abandonar com a mètode preventiu abans de sentir-se abandonada. En aquest cas, no sé qui va abandonar a qui, però es tracta d'una història de fascinació i desencís probablement compartits.

La Marina tenia tendència a creure que els altres li volien mal, fins i tot aquelles persones que li eren properes i fidels. D'aquesta mania persecutòria se'n van salvar aquest nebot i el seu amic de per vida, de qui sempre va dir bones coses, però a qui no deixava de criticar ni que fos benèvolament, jutjant-lo de ser massa bona persona i de deixar-se engalipar.

La Marina va ser la tieta venerada per aquest home ja gran que ara tinc al davant, prenent un cafè amb llet. En el cim de la seva carrera de dissenyador, va anar desapareixent de la vida de la seva tieta, potser decebut perquè aquella Marina que l'havia enlluernat de petit havia anat perdent lluminositat al cap dels anys. I potser perquè, ara que havia arribat a dalt, li feia vergonya passejar aquella dona vistosa però a qui al capdavall se li notava l'origen social. La Marina se'n devia haver adonat i el va anar deixant de veure, probablement ferida d'haver estat tan adulada de jove i després deixada de banda, quan a ella li hauria fet falta l'adulació de l'edat madura, algú que la posés al dia, ni que fos de manera esporàdica, d'una societat de la qual ella ja prou que es marginava.

Quan fa una dècada de la mort de la Marina, he tingut necessitat de saber d'ella a través de qui l'ha coneguda ben de prop. D'assegurar-me que no tot el que recordo és invenció, que no tot el que sento és desproporcionat. No sé si preparar-me les preguntes, o deixar que la conversa flueixi —¿pot fluir entre dues persones que a penes es coneixen i per a qui la Marina ha representat coses diametralment diferents?—. Voldria que d'aquesta trobada en sorgís una veritat, que no fos la meva, ni la d'ell, com si entre tots dos, en les escorrialles dels nostres records, poguéssim rescatar un mineral en brut. Però al cap de poc de començar la conversa m'adono que aquesta veritat no sorgirà mai.

Ell em parla dels vestits meravellosos de la Marina, de la llum que desprenia la seva pell, de la lluminositat que li va donar a la seva pròpia infantesa enfosquida per les turbulències familiars. La Marina sempre hi va ser per a ell, com una fada. Amb ella va descobrir els teatres, els berenars a la platja, els vaixells ancorats al port, i els mariners que li deien... *bella, la tua mamma*, i ell se sentia complagut de la confusió. Certament, ser al costat de la Marina era com ser sota els focus d'un plató de cinema.

Jo havia viscut de manera diferent el poder de seducció de la Marina. Amb els anys, el que m'havia fet nosa ho vaig interpretar com una afirmació de la seva llibertat. Una llibertat que, me n'adonava, ni ella ni les dones de la seva generació havien tingut. Vaig entendre que en el desig de diversió, el ball, la devoció al cinema, el riure escandalós, la trobada amb les amigues, la reticència al matrimoni, la Marina havia trobat la manera, per petita que pugui semblar, de comportar-se allunyada del que s'esperava d'ella com a dona. Dona de classe treballadora. Aquesta combinació de classe amb una rebel·lia que no trobava suport en el grup social, era el que li havia donat sempre un aire marginal.

Jo m'havia fet moltes explicacions per comprendre una faceta que m'era fosca —no entenia aquelles ànsies de seducció, aquell estar pendent de la mirada de l'altre, aquell permanent anhel per agradar físicament. Em semblava que tot plegat eren impediments per assolir una veritable independència, però, malgrat tot, vaig haver d'admetre que la seva relació amb el cos era especial i fins i tot admirable. D'una banda, la Marina em va ensenyar a no tenir por del meu cos, ni d'avergonyir-me'n, ni tampoc de la nuesa; d'una altra, la seva desimboltura va acabar imposant-me a mi, que era més aviat modesta, vestir robes massa curtes. Em deia que les nenes havien d'anar vestides com les nines, amb els vestidets curts perquè si no semblaven tristes. I que les noies tenien un aspecte més sa, amb roba curta.

A l'adolescència, sortia de casa tal com ella m'obligava a vestir però, un cop a fora, entrava en un bar, em treia del *macuto* la túnica que m'havia amagat i em canviava de roba. Sortia cap a un altre món de música, porros i discussions, polítiques, artístiques, què sé jo. Nits llargues, tot i ser tan joves, com pot ser de llarga i dolça la fosca, i jo ja no tornava a casa amb la Marina, sinó que passava la nit al carrer, dormint en algun portal, o a casa d'algú del grup.

Més tard, i sota la influència de la poesia d'Anne Sexton i de Sylvia Plath, vaig trobar un argument per mitigar el meu dolor: havia tingut una mare que havia gosat contravenir la relació mare-filla. Intentava, així, justificar la seva incapacitat d'estimar, la seva dificultat per apropar-se a mi com si temés la mossegada d'una serp. Volia, sens dubte, salvar la mare.

Ara, asseguda en aquest cafè, on ell i jo hem entrat amb mascareta, em miro els ulls del nebot de la Marina. Són ulls riallers i emocionats, que s'il·luminen quan parla d'ella. Potser la va estimar. Entenc que el meu intent d'esbrinar la part més fosca de la Marina ha fracassat. ¿Per què hauria de voler desprendre's del record d'una tieta rutilant? Acaba la trobada, amb la descripció d'una escena, ella baixant unes escales de marbre, amb un vestit de gasa de color corall contra una pell encara bruna de l'estiu, corrent cap a un nen, que és ell, que acaba de sortir d'una malaltia.

La Marina es feia mirar, em diu. Algunes amigues l'envejaven, i li deien, estàs molt guapa, però llàstima que tinguis poc pit. Però ella se'n reia, invulnerable.

Els pits de la Marina eren bells. Ja morta, quan encara jeia al llit de l'hospital, després de tocar-li els pòmuls alts de pantera, i de fer-li un petó lleuger al front mig de cera mig de cautxú, li vaig enretirar suaument el llençol. L'havien deixat nua. Era el mes de juliol. Aquella nuesa no devia ser pas per raó de la calor, sinó per estalviar feina al personal.

De l'hospital, se'm va retreure que hagués deixat la Marina morir sola. El seu amic era massa gran per passar-se les nits a l'hospital, i jo vaig decidir quedar-me amb ell per fer-li companyia. Era un vell esporuguit de l'agonia de la seva companya. Als ulls del personal de l'hospital, jo era la dolenta. El metge no em va donar el condol. Em van dir que a la nit li havien passat aigua per la cara i glaçons pels llavis. Potser ningú no li va donar la mà, el darrer punt d'unió entre els vius i els morts.

Em vaig sorprendre a mi mateixa d'aquell gest, enretirar el llençol, un gest impensat. Volia veure-li el cos, acomiadar-me'n en un moment en què encara no m'havia fet el càrrec que era un cos sense vida. A través d'aquella petita obertura, per no inquietar la mort, com si fes barraqueta, et vaig veure els pits, queien una mica cap als costats, uns pits bells, d'anciana, uns pits sense edat.

Diuen que els nadons cerquen de manera insistent la mirada de la dona que els alleta. La Marina em va alletar durant poc temps. Per tota explicació sempre m'havia dit que no havia tingut prou llet. Ho deia amb presumpció, sense lamentar-se'n, com si aquella circumstància hagués estat fruit de la voluntat de separar-se de la seva biologia i es vantés de posseir un cos capaç de respondre al que ella volia: distanciar-se de l'animalitat. I potser també, amb els dies, evitar la meva mirada.

Entenc el poder de la mirada d'un nadó, una mirada que imanta perquè encara no pot separar el tu del jo. Tant és així que, un dia, quan la Marina intentava donar-me el pit, un pit que ella volia eixorc i al qual jo m'aferrava per devorar-lo, em va agafar la mà i se la va ficar a la boca, amb la mateixa intenció d'empassar-se'm tota.

D'aquella abraçada feta amb la boca, de la qual no recordo absolutament res, i per tant l'única memòria que en tinc és la del relat de la Marina, en va resultar un dolor permanent a la mà esquerra, on d'ençà de la seva mort he dut un anell enorme que li va pertànyer i que va conservar, sorprenentment, fins al final. Una serp que se'm recargolava al dit del mig i que la Marina havia trobat a Grècia i que reproduïa el símbol d'Higiea, la deessa de la neteja i de les cures.

La Marina defugia mirar als ulls. Era un tret ben seu. Quan als catorze anys em van regalar la primera càmera fotogràfica, va consentir a fer-me de model. Conservava el *savoir faire* de posar i quedar bé, segurament apresos en els seus anys d'actriu de segona: cames tancades, una de doblegada, de manera que un maluc quedi més alçat que l'altre, el braç en forma de nansa, l'altre col·locat al davant, fent veure que havia agafat el gest fortuïtament, el cap lleugerament decantat. En totes elles em va semblar que em mirava, però en revelar les fotos em vaig adonar que en cap havia mirat l'objectiu. Tenia uns ulls semblants als de les nines, absents, bruns i més aviat petits, que passaven damunt dels objectes i les persones sense entretenir-s'hi. La Marina fixava la mirada només quan anava al cinema; aquell moviment ric en significació li proporcionava un sentit de viure.

Amb aquella mirada absent, de vegades feia l'efecte que la Marina se sostreia del seu propi cos com qui es treu un abric. I és que quan deixava de banda el maquillatge, els vestits bonics, les sabates de punxa, aquell cos li semblava mancat de consistència. Es desinflava.

Sempre havíem parlat poc. Les converses jo les tenia

amb l'àvia Émilie, que m'escoltava complaguda. Tot i haver estat la Marina qui m'havia ensenyat a llegir i escriure, va ser l'Emília qui em va fer comprendre que a les paraules els cal orelles. Reia quan em sentia dir «lluma» en comptes de «lluna» i dir «màquitina», que em semblava que traduïa molt bé el ritme de la màquina de cosir. Amb tot, que la Marina m'hagués ensenyat a llegir i escriure va tenir el seu pes per construir la meva relació amb el món. Recordo el quadern blau, i les lletres que hi havia dibuixat la Marina, de traços grans i rodons. No sé si em va agradar aprendre'n, no me'n vaig ni adonar. M'empassava les lletres i els sons de manera fluida, com si incorporés una qualitat que fins aleshores m'havia passat desapercebuda. Era divertit, era plaent.

Totes dues assegudes a la taula del menjador. El teu dit llarg i manicurat, de color rosa-perla passant per damunt de cada traç, a poc a poc. I jo imitant-te, el so, i molt després el dibuix. Hi havia traçats que se'm resistien, encara avui puc sentir la rebel·lia del llapis lluitant contra els dits. La introducció a l'abecedari devia quedar-me incrustada com un do molt íntim que m'oferies. Més tard he comprès l'ambigüitat que em produeix l'amor excessiu a la llengua que en diuen materna. I també la repulsió a la puresa que s'exigeix en la seva pràctica. I la dificultat que he tingut durant tants anys a formalitzar l'escriptura, més enllà del treball acadèmic, ja que no he sabut mai ben bé a qui adreçar els meus escrits, ni en quina llengua fer-los.

La Marina, en canvi, estava aferrada al català. Tot i que de petita havia sentit el francès i probablement l'havia xampurrejat, havia quedat adherida a la llengua del país on havia nascut amb el tipus d'excés atribuït normalment als conversos.

Quan als deu anys, morta l'Émilie, vaig passar a viure continuadament amb la Marina, recordo grans estones de silenci. Dinàvem plegades el cap de setmana perquè la resta de dies em quedava a l'escola. M'exigia implícitament que elogiés la seva manera de cuinar. El més mínim comentari negatiu, la més petita ganyota de rebuig, la disgustava. De gran no he suportat cuinar, i la cuina em sembla la peça més enutjosa de les cases occidentals. Els programes de cuina de la televisió m'enerven.

Tot i així, i molt de tant en tant, la Marina se'm quedava mirant. Era una manera de mirar panoràmica, entre la inspecció i una curiositat poc implicada, amb una certa desconfiança. Més que mirar-me semblava que m'hagués d'ensumar per assegurar-se que jo era ben bé qui deia que era. Aquella mena de mirada furgava alguna cosa que estava més enllà de mi mateixa. Després d'una estona, sentenciava, tu ves fent, ja t'ho trobaràs. I així el meu futur quedava segellat amb aquell enigma. ¿Què volia dir?, li preguntava. Res, silenci. M'exasperava, ¿com podia estar en mans d'ella, el meu futur? ¿Com podia predir la meva vida, ella?

La Marina poc després desapareixia, enduent-se aquell secret, la clau per obrir la porta que m'havia de resoldre la pregunta de qui era jo. De vegades, no desapareixia per anar-se'n a la seva habitació, sinó que se n'anava de casa. El cop de porta em feia venir un mal de ventre terrible, i m'havia d'asseure al vàter, amb l'aprensió que em feia de desaparèixer jo també pel forat negre.

Quan tornava, el mateix so de la clau al pany em feia venir ganes de dormir. Estrany aprenentatge de la felicitat. La Marina, presa de compassió em deia, au vinga, cap al llit. Adolescent, aquesta commiseració em revoltava.

Em sentia humiliada i rebutjava el seu intent d'aproximació. La Marina aleshores cloïa els ulls, aquells ocels concèntrics, una mica hipnòtics, que sembla que t'hagin de convertir en figura de pedra. Jo em tancava a l'habitació, des d'on la sentia parlar sola, unes frases-aire que quedaven en suspensió com partícules de pols i saliva.

CEL OBERT

Em vas tancar en una caverna. Em vas deixar a les fosques. Vaig començar a etzibar cops de peu contra la porta, que a cada sotragada cedia una mica de la part de sota, de manera que hi podia veure intermitentment la petita ratlla de llum que entrava de l'exterior. A la meva esquena hi havia la tassa del vàter; un dia hi havia vist una rata que hi havia entrat des del jardí i que tu vas matar a cops.

Jo devia cridar. Me n'ha quedat l'empremta del meu descontrol corporal: cridar quan jo mai no alçava la veu ni tan sols per cantar.

Quan vas obrir la porta, vaig sentir vergonya i consternació. A partir d'aleshores vaig intuir que havia perdut alguna cosa. Ara m'adono que devia ser la pèrdua de l'esperança que un dia m'estimessis. Aleshores no m'ho sabia dir. Senzillament vaig sentir que m'havien arrabassat un objecte petit i resplendent que hauria pogut entretenir als dits, mirar-me'l de tant en tant, i sentir-me feliç, totes dues mans lliures de dolor. Aquell objecte ja no hi era, s'havia esvanit per sempre.

Una tarda, d'adolescent, esperant a l'andana del metro, una altra caverna, doncs, vaig fer-me un propòsit: aniria sola pel món, amb un equipatge lleuger dins del sarró —una llibreta, un bolígraf, la càmera de fotos—, viuria amb poques coses, envoltada de poques persones. Em va faltar poc per fer vot de silenci.

Khaled Miloudi va néixer a Algèria i va arribar a França a l'edat de cinc anys. Als dinou va fer el seu primer atracament; a hores d'ara, se n'ha passat vint-i-tres a la presó, i n'hi queden vuit per complir la sentència pels nombrosos atracaments a mà armada en els quals ha participat. Durant aquest temps de reclusió, Miloudi ha esdevingut poeta i un lector voraç. Recorda que de petit el castigaven al soterrani de casa. En aquell espai reduït, i sota la llum feble d'una bombeta, Miloudi va començar a llegir. El veritable guariment dels «blaus de l'ànima», com diu ell, li va venir de la poesia dels altres que ben aviat va fer seva.

A les coves i als soterranis de vegades s'hi filtren petites partícules lumíniques que et fan entendre que més enllà hi ha un cel.

Durant molts anys vaig pensar que a l'escola m'acabarien tancant en una masmorra. Es tractava d'un espai que s'obria arran de terra amb una gran trapa de fusta quadrada. Quan les mestres el destapaven, de dins en sortia una olor intensa de serradures, l'olor d'un altre món. En la meva memòria, el vàter de casa la Marina i la masmorra de l'escola van quedar fusionats en un mateix espai: un forat negre per on desapareixien els vivents i hi sortien els morts.

En el decurs de l'escriptura d'aquest llibre, la sensació d'estar a tocar d'un forat negre s'ha anat repetint, el terror torna. Infantil, com si darrere meu s'obrís aquella mateixa caverna a punt de xuclar-me.

Aquests dies, abans d'adormir-me em quedo una bona estona escoltant els sorolls que produeixen els objectes i els animals a la nit. El crec d'una fusta, el clac-clac d'un llum de metall que es contrau en refredar-se, els petits cops d'una mosca que colpeja la pantalla d'un llum, algun mussol. Hi ha moments que aconsegueixo aïllar tots aquests sons d'un altre de més lleu: em penso sentir un frec familiar, més vague, algun plor, algun gemec. De vegades, passada la mitjanit, m'ha semblat sentir la teva presència vora el meu llit. La bafarada gelada del mateix espectre que m'atemoria les nits que seguiren la teva mort.

Hi havia una altra cova, també. La que jo vaig fer-me, com tants infants, a l'armari de la mare. Entre els vestits, el perfum que desprenien, les seves bosses, els cinturons. I sobretot l'olor del seu cos impregnada als vestits, al cuir dels cinturons i a la pell de les bosses. Encara guardo, com un reliquiari, un jersei que li va pertànyer. Desprèn una olor dolça amb una punta d'agror. L'amor podia sorgir a recer de la foscor.

Poc després de la seva mort, vaig somiar que dormia al costat d'un home que havia estat el meu amant. En un punt de la nit, la policia irromp a l'habitació i l'arrossega fora del llit, l'emmanilla i se l'emporta. Al matí, el que retenia del somni no era pas la virulència de l'escena, sinó la mirada que aquell home m'havia llançat abans de desaparèixer, la mirada de qui sap que t'ha posat en perill, d'aquell que, sabent-se buscat i perseguit, no ha tingut cap escrúpol a amagar-t'ho.

La meva vida a les mans de l'altre, un traïdor, un heroi malvat. Durant tants anys hauré fet realitat la frase terrible de la Marina, ja t'ho trobaràs, maleint-me els presents de tots els amors.

MALALTIA

Pablo Picasso i Françoise Gilot a la platja. Es passegen a tocar d'aigua i, de tant en tant, ella, amb els peus, l'esquitxa. I riu, un riure que sura arreu. En un moment de confluència d'elements —sol, sorra, pell i llavis—, Pablo es gira i d'una revolada arrenca el para-sol plantat a la sorra: ha de protegir una deessa. Fent saltirons ràpids i ridículs de bufó, la sorra crema, es posa darrere Françoise, la immensa ombrel·la un dosser. Ella torna a riure, faldilles al vent, barret d'estiu, corona de palla: camina sota el dosser amb el posat d'una princesa egípcia, hebrea... una princesa bruna, que viu la vida delicada d'aquell estiu, de gasa, a tocar del mar. Darrere de Françoise i Pablo, seguint-los rialler amb la mirada, Javier Vilato, el seu nebot. Robert Capa es mira l'escena i posiciona la càmera. Fa calor, aquell estiu de l'any 1948, a la platja del golf de Sant Joan. No només ells tenen ganes de llum, sinó tothom, després de la foscor que ha emmalaltit Europa...

Arribo a Barcelona per visitar la Marina i el seu amic. En el camí, molt a prop d'on viuen tots dos, me'ls trobo al carrer, una parella d'ancians. Ella camina davant d'ell, avançada. Duu sabatilles d'anar per casa, i uns mitjonets que la faldilla no aconsegueix tapar. Malgrat tot, camina com una princesa vella. Ell la segueix, vigilant, amb el cos doblegat de qui està molt cansat. Cap dels dos somriu. I, amb tot, semblen una rèplica de Françoise i Pablo, aquell dia, en aquella platja, acabades les guerres.

Jo m'estic, com Capa, fora de l'escena. Els veig avançar cap a mi, ells no em veuen. M'esvero per la pensada que semblen haver tingut de sortir sota aquest sol abrandat. Després m'adono que no passegen. Ella és una princesa malalta, que no recorda, i que, espantada, deu haver fugit de casa. Ell, per evitar espantar-la encara més, la deixa fer, camina darrere seu, a poc a poc. Esgotat. Ella no coneix l'home que avança lentament amb ella, protegint-la com si estigués sota una ombrel·la, un dosser per a una princesa vella, malalta d'oblit.

La foto que ningú no els farà els emmarca en un carrer ample de Barcelona. La Marina i el seu amic fidel, engolits pel soroll, el trànsit i el sol atordidor de l'estiu. Ella no recordarà mai aquest instant, jo, en canvi, sense càmera, recordaré aquesta escena que m'hauria d'haver estat prohibida. D'aquesta anciana folla i desmemoriada només puc preguntar-me on queda el seu palau de memòria, ¿on és el seu cel i la seva terra?

LA MARXA LENTA DE LES GLACERES

Interior d'un vagó de metro que va ple. Se senten fragments de converses de manera que, preses com un sol discurs, fan una narració incongruent. És una petita aglomeració de vida que s'escola pel «ventre volador de la ciutat», com l'anomena el dramaturg Amiri Baraka.

Mig amagat entre la gent, l'ull sorprèn l'esclat d'un roig llampant d'un abric que pertany a una anciana de cabells blancs-rossos.

Quan el tren arriba a la parada, les portes s'obren de bat a bat i en surten alguns viatgers. La darrera a fer-ho és la dona de l'abric roig cridaner, que es queda aturada un moment a l'andana i, quan ja no hi queda ningú, mira cap a totes dues bandes i es treu una coseta menuda de la butxaca. Obre la mà, tots cinc dits ben badats com una flor madura, amb el gest una mica maldestre i lent, i en surt enlairant-se una papallona gran, d'aquelles que venen de l'Àfrica. I l'andana s'enfosqueix, i l'anciana bada la boca i es queda mirant aquell vol fantàstic que ara ja, als ulls de l'espectador, és una llumeneta que s'enlaira i s'esvaneix.

Els últims anys de la seva vida, la meva mare duia una bata d'estar per casa de color vermell llampant. Semblava un follet confós, però tot i així divertit. Aquesta és la impressió que feia des de la distància. Jo parlava amb el seu amic gairebé diàriament. M'explicava que la Marina ja no sabia on es trobava, ni qui era. A ell, en canvi, semblava reconeixe'l: era l'única persona a qui somreia.

Les meves visites puntuals a Barcelona em servien per anar tastant la desaparició de la Marina, tot i que ella era allà, amb el cos de sempre i la seva olor i les seves manies i el seu mal caràcter de sempre. Però somreia, a ell, li somreia. I veure-ho era benefactor.

Durant tots aquells anys el seu amic i jo vam llegir llibres sobre l'Alzheimer, jo fins i tot en vaig arribar a traduir un. Els llegíem fent veure que no hi estàvem concernits, amb certa indiferència, pretenent que la nostra lectura era una manera de compartir la curiositat davant la malaltia, com si així conjuréssim un diagnòstic que encara no teníem. Vam saber, malgrat tot i de bon principi, molt abans que els metges despleguessin els seus protocols tediosos i mecànics, que la persona que fins aleshores havíem conegut s'aniria modificant radicalment, i que amb ella ens modificaríem també nosaltres. El seu nom, Marina, deixaria de tenir sentit per a ella, i de retop els nostres caurien en la vacuïtat.

Contràriament a l'opinió generalitzada, l'Alzheimer no converteix les persones en un «vegetal». Aquesta és una manera covarda d'explicar-se la complexitat de la malaltia i de defensar-se contra les reaccions ambigües que provoca en tots nosaltres la demència dels altres. La demència no fa desaparèixer l'altre, sinó que d'alguna manera el dissol. Com en una concentració homeopàtica; sempre hi queda alguna partícula intacta de la persona, una síntesi d'alguns trets que l'han anat definint. Del que va escollir esdevenir, del que li va venir imposat. Alguna ombra que et permet identificar-ne un tret, un gest, una paraula, petits fars, com una bata d'estar per casa vermella movent-se enmig d'una gentada.

Un dia la Marina va dir-li al seu amic que volia parlar amb mi. Ell li va marcar el número, i més tard, vaig trobar el seu missatge al contestador, soc jo, la mama, i es notava que les emes se li enganxaven als llavis, dèbils, lluitant contra el efectes dels neurolèptics. Aquella frase la vaig enregistrar a part, per escoltar-la de tant en tant. Em feia mal sentir-la. El to de veu era tan diferent, que no podia evitar pensar que aquella persona estava engabiada dins del seu cos. Em vaig guardar durant molt de temps aquell enregistrament, després va desaparèixer amb algun canvi d'aparell. Ara, aquella veu està dissolta en l'aire. No te n'havies oblidat, que eres la meva mare.

Després va venir el mimetisme de l'oblit. Jo perdia també la memòria. Anticipava l'evanescència de la Marina i em desdoblava en ella, que era com anticipar alhora la meva desaparició. Jo l'hauria volguda a ella, carn i nervi. Viva.

La dona anciana de l'abric vermell, surt de la boca del metro i agafa un llibre blanc de neu —a ella, que sempre li ha agradat més la fredor del gel que no pas l'aire del desert— i amb el dit, resseguint cada pàgina glaçada, curosament, hi comença a escriure la història invisible de la marxa lenta de les glaceres. Ara viu en un casalot d'on es pensa que podrà sortir algun dia. Com qui deixa anar de la butxaca una papallona com aquelles que venen de l'Àfrica.

NOUS

Quan la malaltia de la Marina es va fer evident, el seu amic no es va separar més d'ella. Vivien junts, i ella semblava no haver-hi trobat res de nou, en aquest fet, tanta era la naturalitat amb què tenia assumida la seva companyia. Li coneixia l'olor, els gestos, el riure, la veu. I, per damunt de tot, el tracte dolç i deferent, que no podia passar per compassió, sinó per una altra cosa molt més profunda que m'admirava i de ben segur m'esmolava la gelosia.

Ell i ella, de manera gairebé sistemàtica, acabaven els dinars amb una ració de nous. Enllestit el segon plat, ell s'aixecava, treia de l'armariet una capsa de cartró gastada on guardaven les nous amb closca que compraven a les botigues dels voltants de Santa Maria del Mar. Ell treia el trencanous, que guardava també dins de la capsa, i amb l'aire despreocupat de qui està de festa —per fer-la riure— deixava nous i trencanous damunt la taula. Ell n'hi trencava exactament sis, i els hi posava dins d'un platet de postres, i després se'n servia sis més per a ell.

¿Per què aquest nombre exacte? És que potser havia llegit en algun diari, o sentit en un programa de ràdio, que sis nous consumides diàriament constituïen l'aportació ideal de greixos i proteïnes en els ancians de vuitanta anys? ¿O era perquè li semblava que sis feien un conjunt estètic equilibrat: sis nous, sis boletes, sis masses arrugades que s'adherien molt bé al palmell un cop extretes de la closca.

Aquelles sis nous eren, a més, motiu de la petita conversa de les postres, comentaven les virtuts de cada remesa: aquesta setmana les de Califòrnia són més bones que no pas les turques que vam comprar la setmana passada, o les turques que mengem avui són més saboroses que les de Lleida. Ella anava fent que sí.

Entre comentaris, es passaven el trencanous, vell, una mica dislocat i que ell es veia obligat a cargolar de tant en tant. Era una eina sòlida, amb mànec de fusta i mossegada contundent. Un estri que semblava d'un altre temps, un d'aquells que s'havien fet per durar tota la vida. Ella gairebé mai encertava a servir-se'n bé, i ell l'hi agafava i feia veure, per riure, que havia de fer molta força amb totes dues mans per trencar una de les closques. Aleshores, en aquell gest, es podia entreveure la imatge del jove fort que segurament havia estat.

El ritual era sempre el mateix, almenys durant els dies que jo hi vaig ser. Primer partia les nous que havien de ser per a ella. Després, trencava les closques de les que havien de ser seves. Abans, però, havia arrenglerat totes sis nous en el platet d'ella. Ella les rebia amb un somriure extraviat. Les tocava suaument, com si no estigués segura que fossin cossos inerts, una mica en guàrdia per si es posaven a caminar inesperadament.

Sé que ell s'avergonyia davant meu, intrusa que s'interposava en el seu ritual. I em sabia greu. Els visitants esporàdics, els que interrompem les rutines dels altres, els que en definitiva sempre acabem fent nosa, solem estar atents —per si no n'hi hagués prou amb la nostra intromissió— als detalls que ens semblen estranys perquè no pertanyen a la nostra quotidianitat. Intrusos com som ens quedem, com a record, amb la darrera imatge que guardem de la nostra visita, com si fos un escenari abandonat. De manera instintiva, ells dos es protegien de la meva mirada. Havien de defensar aquell món que només era seu, defensar-se de la meva condescendència, temorosos que els pogués ridiculitzar.

Amb tot, de seguida em vaig adonar que per a ell no era un ritual banal, ja que per a ella aquella repetició era una manera de sentir-se segura, a recer d'un cervell que s'enfonsava. No, no em va passar per alt el somriure estrany d'ella, com de nena satisfeta amb el seu tresor.

Un cop amb les nous al plat i pelades, ell les hi feia comptar: ep, ¿quantes n'hi ha? Se'm va fer difícil de creure que ella no pogués comptar-les, aquelles nous netes que ell havia anat disposant d'una en una al platet, pulcrament indistingibles. Ella deia, cinc, tres. Quan responia, ¡sis!, ell feia un somriure tens. No era l'encert, sinó tots aquells errors el que li havia trencat els llavis amb un gest de dolor.

Me'n tornava a casa, al país aquell sis mil quilòmetres distant, amb el cor petit. Sis mil quilòmetres eren molt, i l'encongiment ho tacava tot amb el record del somriure de la Marina, les nous al plat, com petits cervellets que es ficava a la boca.

Vaig sentir a la ràdio que la medicina xinesa considera que les nous van bé per al cervell. Al marge de les verificacions científiques, era evident que hi havia un pont entre la medicina xinesa i els vells que jo havia deixat a Barcelona: la forma d'un cervell petit havia de beneficiar necessàriament l'òrgan que s'hi assemblava.

Li ensenyo una clau, un llapis i un llibre i li pregunto què són. Ella me'n diu el nom correctament. Després li pregunto:

—¿Què li acabo d'ensenyar?

—No ho sé, no ho sé.

—És difícil, ¿oi?

—Estic neguitosa, molt neguitosa.

A continuació li ensenyo tres dits de la meva mà:

—¿Quants dits hi ha aquí?

—Tres.

—¿Encara està neguitosa?

—Sí.

—¿Quants dits li acabo d'ensenyar?

—Crec que som a Frankfurt.

Aquestes són les preguntes que el psiquiatre i neuròleg alemany Alois Alzheimer posava a Auguste Deter, de cognom de soltera Hochmann, que ha passat a la història per ser oficialment la primera persona a patir una malaltia que després va portar el nom del metge que la va atendre.

Esborrada no només pel deteriorament cerebral, sinó de manera doble per la invisibilitat amb què ha estat marginada per la història; un ésser mig humà, mig rata de laboratori. D'Auguste Deter ens han quedat, gràcies a l'historial mèdic conservat, les respostes que donava a les preguntes d'Alois Alzheimer, el seu cervell que va ser analitzat post mortem i la fotografia, fins ara d'autoria desconeguda, que se li va fer probablement un temps després —potser anys— del seu ingrés a l'Institut de malalts mentals i epilèptics de Frankfurt, on havia entrat el 1901 i on va morir el 1906 a l'edat de cinquanta-cinc anys.

El cas va interessar i entusiasmar Alzheimer, ja que de seguida va veure en Deter una demència inusual. El psiquiatre controlava el grau de deteriorament progressiu de la malalta fent-li una bateria de preguntes gairebé idèntica a la que encara avui es fa servir per detectar els signes de la malaltia.

Auguste Deter encara vivia quan Alzheimer es va traslladar a Munic. Tot i així, quan el metge va assabentar-se de la seva mort, va fer que li enviessin el cervell. Les anàlisis van revelar la presència de proteïnes específiques i de nusos neurofibrilars. L'inici, per tant, dels estudis sobre aquesta particular malaltia.

La fotografia que es conserva d'Auguste Deter, i que es troba profusament reproduïda a internet, ens mostra una dona amb els cabells esbullats, descurada, amb una camisa de nit cordada fins al coll, probablement allitada, amb les mans una mica inflades i encreuades per damunt dels pits. Auguste té una mirada baixa, tremendament malenconiosa, trista, extraviada. Tot i la intenció realista que es volia donar a la imatge per fer entendre els efectes de la malaltia, es notori que ningú no va tenir el gest compassiu de pentinar-la, d'allisar-li la camina rebregada. La fotografia sembla haver estat feta amb l'objectiu predominant de mostrar el destí tràgic d'una demència, aleshores mèdicament inèdita, a mig camí entre la bogeria i la depressió. Conserva, aquesta foto, la pàtina de l'estil victorià, amb uns clarobscurs que deixen en la foscor els cabells d'Auguste Deter mentre que una entrada de llum que prové del seu cantó esquerre li il·lumina el rostre extremament arrugat, les bosses de sota els ulls, i la camisa.

Hi ha la mania de fer comptar els dits a les persones afectades d'Alzheimer, tant si són metges com si són familiars o coneguts. O de preguntar-los el recurrent ¿Com em dic?

I la gent de vegades riu.

Riu... Valdria la pena, en canvi, que ens fixéssim en la mirada d'un malalt, d'una malalta d'Alzheimer (¿O hauríem de dir, de la malaltia de Deter?).

Mirant la malalta, mirant la Marina, vaig tenir la certesa, com també la puc tenir mirant-me Auguste Deter, que hi ha una mirada rere les seves pròpies mirades. Una mirada originària. Una mirada que se sap mirant l'altra mirada que hi ha en elles, que sap que una mateixa s'està desfent, que una mateixa és un ninot de fira o de laboratori.

Mirant-me la Marina, m'adonava, també, que la malaltia havia potenciat en ella aquell mirar enigmàtic que sempre m'havia semblat que amagava un secret. Al cap i a la fi, ella m'havia acostumat durant tants anys a fer-me creure que sabia el que el destí em deparava, ja t'ho trobaràs.

Quan a la Marina les visites li preguntaven ¿Com em dic?, ella responia amb una mena de saviesa retòrica, Prou que ho saps tu mateixa com et dius!

Els informes mèdics d'Alzheimer deixen constància d'una resposta recurrent d'Auguste Deter quan no sabia què se li estava preguntant: «És com si m'hagués perdut a mi mateixa».

MORT

Així que vaig anunciar la mort de la Marina, em van començar a entrar missatges, «Millor que s'hagi mort», i les variants «Millor, pobreta, que s'hagi mort», «Millor, pobra dona, que se n'hagi anat», i les més explícites, «Més val així, que ha deixat de patir», i les més brutals, «Ara deixarà de patir, i vosaltres també», «Pel que hi feia en aquest món, millor que ja no hi sigui».

Totes aquestes frases contenen una veritat, i totes contenen també una mentida. Demostren, sobretot, que funcionen com conjurs per evitar la confrontació amb l'experiència. La mort de les persones que ens són properes inaugura un procés inèdit que només sentim en el seu estat més refinat —és a dir, destil·lat dels prejudicis que imposen els llocs comuns del discurs del dol— durant les primeres setmanes i mesos que segueixen el decés. Passat un temps, el dolor de la pèrdua no s'extingeix, però és més passador perquè li manca la consternació que produeix l'absència sobtada. Per habituar-nos-hi, ens cal un temps, llarg o curt. L'experiència del nostre viure quotidià s'haurà d'anar modelant per fer front al buit. Sense adonar-nos-en, aquest buit produirà un canvi de perspectiva en la nostra visió de la realitat. Som éssers que estem aprenent a viure amb l'absència de l'altre. I això, només nosaltres ho sabem. Ens hem convertit en extraterrestres per totes aquelles persones que encara no han passat per la pèrdua de l'altre.

Passar per l'experiència de la mort de l'altre és doblegar-se dolorosament a l'absència. La mort, diem, forma part de la vida. I se suposa que la frase ens ha d'apaivagar el dolor. Però la mort no forma part del transcurs de la vida; és el seu contrari radical, la vida vol viure, no contempla el morir. Agon, l'agonia, és la lluita de la vida contra la mort. Inevitable, però no per això comprensible. ¿Hem d'acceptar la mort sense ràbia ni rebel·lia? ¿Com podem integrar aquesta rebel·lia en el transcórrer de les nostres vides?

Vida i mort no són dues cares de la mateixa moneda. No, la mort no és necessàriament part de la vida, sinó que hi troba la seva manifestació.

La mort de la Marina em va confrontar, també, amb la premonició de la meva mort i a la vegada va fer trontollar la meva posició respecte de la relació amb la mare: ¿encara puc dir que soc filla?

Durant un temps, vaig tenir la petita esperança que la seva llarga malaltia em serviria per fer les paus, amb ella i amb el passat turbulent que compartíem. Que podria fer com fan algunes filles, reconciliar-me amb una mare intractable, i així incorporar alguna cosa del material simbòlic que encarna el cos matern. Amb la Marina, no havíem jugat mai al petit teatre que uneix la bona filla i la mare penedida, o la mala filla reconvertida que demana perdó per haver estat injusta. Aquesta dramatúrgia ens havia estat aliena. Vaig entendre ben aviat que el meu prim desig de reconciliació era una manera de pidolar amor. Morta,

¿com s'havia de dur a terme la reconciliació? Morta, ¿calia reconciliar-se?

Vaig viure la llarga malaltia de la Marina a cavall de la tristesa i la fúria. En aquest aiguabarreig convergien la compassió i el desig cruel covat en la infantesa quan anhelava la seva desaparició, more't, more't, en una edat en què no sabia res de la mort ni dels seus trasbalsos.

Ja des de l'inici de la malaltia —quan els malalts es converteixen en una mena de personatge de circ a qui la gent fa preguntes per comprovar si encara hi toquen—, vaig sentir com ella quedava als marges de la vida, i jo d'alguna manera l'acompanyava en aquesta marginació. Gairebé tothom es mostrava commiseratiu, però jo llegia en aquelles reaccions una aprensió, com si jo els portés malastrugança i els pogués encomanar la malaltia o la mala sort. Hi havia qui em deia que tal o tal familiar seu perdia la memòria, però afirmaven que en el seu cas no es tractava d'Alzheimer. Procedien per denegació, cosa que encara ens marginava més, a la Marina i a mi, com si fóssim les úniques tocades amb aquell destí, una malalta, i l'altra que l'acompanya.

Mentrestant, la vida de la Marina s'escolava en aquella residència per a vells, un casalot del qual es va escapar almenys dues vegades; uns veïns la van trobar pel carrer, confosa i totalment perduda.

Recordo la teva agonia. No te la mereixies. Obries la boca com un peix, com t'havia vist fer moltes vegades que estaves inundada d'angoixa, movies els braços prims, com els havies mogut sempre, com dues branques barallant-se amb l'aire. Però aquesta vegada, no tornaves a la realitat. La teva ganyota era de terror. A l'hospital et van deixar en una sala gran amb altra gent. Vaig exigir que et donessin com a mínim un racó en aquell soterrani de voltes modernistes. La mort vol intimitat. «La meva estimada Barcelona» —una frase escrita en lletra teva que vaig trobar en un calaix, restes d'un d'aquells tests que et van fer—, la teva ciutat no et donava ni una cambra recollida per morir. Una ciutat no és mai per a tothom.

En aquell racó, el llit semblava més gran, i tu encara més menuda. Paties terriblement. Aquella devia ser la primera vegada que em va semblar poder-te oferir alguna cosa, una mort si no dolça, més pacífica. Potser et debaties amb fantasmes, potser senties veus. Els teus ulls miraven al sostre, absents com tantes vegades, però ara desesperats, un cel que ja no era dels àngels. El teu dolor em demolia. Vaig demanar que et donessin morfina. Una infermera negra te'n va injectar i gairebé a l'instant tot el teu cos es va distendre. Vaig deixar anar un so que no m'havia sentit mai, a mig camí entre el crit i el plor. Em va envair una gran tendresa. Un àngel t'havia portat el remei, una cançó de bressol africana. Dues nits més tard, mories, sola.

Durant un temps llarg, em va saber greu no haver-te organitzat un funeral. El teu amic es volia estalviar els comentaris de commiseració perquè sabia com reaccionem davant de la mort dels dements i dels vells. Tampoc no et vaig posar la música que t'hauria agradat en el moment de la cremació, a la qual vaig assistir tota sola. Quan vaig sortir a l'exterior i vaig mirar el cel, i vaig veure el fum, tota jo vaig fluixejar. No em podia creure que t'estiguessis convertint en aquella radical falta de matèria. La cremació no em permetia imaginar la continuïtat entre el teu cos real i la descomposició, que era, al capdavall, una manera d'estar encara entre nosaltres, d'anar-te'n lentament, de poder parlar amb tu si m'abellia visitar la teva tomba. Tampoc no et vaig portar les cendres al lloc que t'hauria agradat, al París enyorat de la teva família, on et semblava que reposaries i et podries sentir menys sola.

Els dies que seguiren la teva mort, em vaig marejar una vegada que vaig veure en un aparador unes magnífiques sandàlies daurades com les que tu duies als estius. Vaig recordar els teus peus ben cuidats i bruns de sol. Sempre havies dit que el dia que no poguessis dur unes sandàlies com aquelles, o unes bones sabates de talons, preferiries morir. Encara em fa mal recordar-te durant quatre anys a la residència, duent unes sabatilles on el teu amic havia fet cosir el teu nom a cada costat. Sandàlies i vestit de seda, que s'enlairaven una mica amb el vent i deixaven veure les cames més boniques del món. Em semblaves immortal als meus ulls de nena.

Una no arriba mai a fer-se a la mort de la mare. Aquesta és precisament la força pertorbadora de l'inici de *L'étranger*. Fa més d'una dècada que la Marina és morta. No l'he enyorada gaire; però tampoc no ha estat absent. Els morts són pertinaços, fins i tot insolents.

Mai no em vas venir a veure. Ni t'ho vas proposar. El viatge era massa llarg, i després... després ¿què ens hauríem dit? ¿Quina possibilitat s'hauria obert per estar plegades? T'agradaven els hiverns, però aquell gel del nord no t'era necessari. A més, feia molt de temps que t'havies després de mi, eres feliç a la teva manera. De fet, havíem començat a desaparèixer de la vida de l'una i de l'altra en aquella Transició que certes adolescents vam viure de manera febril, una festa continuada que coincidia amb la nostra descoberta de l'amor i del sexe. Va ser en aquest escenari confús, de grans canvis, que la meva confusió personal es va desplegar i tu no hi eres.

Tampoc no vas saber què fer anys més tard, quan jo en tenia trenta. Em va arribar una altra violència que em va enviar a urgències perquè l'home amb qui estava se'm va abraonar com una fera i jo vaig sortir fent tentines de casa seva, en un país estranger. Vaig buscar ajuda aturant un cotxe de policia que finalment em va dur a l'hospital —una «espanyola tractada malament pel seu *petit ami*», deien rient aquells policies belgues—. D'allà, vaig tornar en un avió de matinada a Barcelona, després d'haver-te dit per telèfon què passava. Vas obrir la porta, em vas mirar l'ull de vellut, em vas observar a la dutxa, em vas fer adonar dels blaus que tenia per tota l'esquena, i et vas amagar corrents a l'habitació. Vas emmalaltir durant uns dies, com si la víctima haguessis estat tu. I jo em vaig quedar sola, amb l'ull de vellut que no dissimulava amb ulleres fosques quan sortia al carrer i amb la por que algú, des de darrere, em colpegés fins a matar-me.

Fins fa tres anys, viatjava pel món amb un coixí enfundat en una coixinera que vas brodar amb el meu nom. De vegades, quan em llevava, tenia marques del brodat a la galta. L'estiu de fa tres anys vaig agafar la coixinera i la vaig dipositar en un mausoleu, un dels més antics, abandonats i ruïnosos que vaig trobar al cementiri de Montmartre. M'assegurava, així, que no hi havia ningú que fes neteja i que el teu brodat s'aniria esfilagarsant lentament fins a confondre's amb la terra.

M'obsessionava el fet de no veure el teu nom inscrit en la pedra. Vaig trobar, per fi, un lloc per a les teves cendres en un cementiri de Barcelona. Saber que has existit, marcar el teu nom en un lloc d'aquesta ciutat que et vas estimar. ¿No és això també «escriure la mare»?

Se sent que és diumenge. Fins i tot en un poble com aquest, tan petit, sense botigues, sense cafès. ¿Què hi fa que el diumenge la vida s'atura i comença a fer sentir la seva pesantor cap a migdia quan s'estén un tel fi damunt el paisatge i els objectes?

Balconada esbatanada, com una gran boca que demana aire. Miro l'ermita d'Alendo; vull endevinar les quatre creus que l'acompanyen. Cementiri que miro frontalment al matí quan em desperto. A la nit, n'endevino l'olor. Entre aquestes muntanyes, s'entén bé la humilitat del morir.

Em miro aquest angle del paisatge, escoltant una cançó de bressol ugandesa amb els auriculars ben encastats per no perdre-me'n cap matís. Que bé que em va aquesta veu melosa que surt d'un altre cel i d'un altre paisatge. Aquesta veu que potser haurà servit per acompanyar les parpelles negres i menudes dels nadons, i per tancar les parpelles velles dels morts.

Jo et vaig tancar les parpelles tan pàl·lides, d'uns ulls que t'havia vist entelats. Ja no eres.

La mort no és mai com a les pel·lícules. Un cop has vist un cadàver saps que no hi ha actors per representar la mort.

M'agradaria agafar-te la mà, ara, posar-te en aquest paisatge i allitar-te en un bressol d'Uganda. Allà les dones et rentarien. Et donarien durant dies l'últim adeu, i es mourien de puntetes per no espantar-te.

Ara jo també et rentaria, delicadament, per no espantar-te. M'hauria agradat que reposessis enterrada, el teu cos acompanyat de l'olor mineral de la terra. Les parpelles tancades, no fan falta els ulls. I quan ja ningú no et vingués a visitar, que es pogués veure encara el teu nom gravat a la pedra. Algú t'haurà estimat. Cançó de bressol d'Uganda.

Ahir algú va preguntar si les campanes tocaven a morts. Li van respondre que no. Eren unes campanes pausades i mandroses com aquesta tarda d'estiu. Anunciaven un capvespre. Però no eren campanades a morts.

La vida i la mort, separades pel ritme de les campanes i la seva insistència metàl·lica.

«Cargol treu banya, puja a la muntanya...». Somric en sentir una mare i un nen que canten mentre fan camí. Sentint aquesta cançoneta no em fa tant de mal la seva mort. Em sento una mica nena, i per tant, una mica filla encara. Tinc la sensació inusitada de pertinença; a la terra, simplement, la que té cucs, i la que és seca, la que és de gel, la que és de sorra.

Cargol treu banya... treu banya... i puja, puja, puja a la muntanya.

Plou amb una pluja fina. Tota la pluja del món, amb la bava sedosa dels cargols.

Avui, per fi, m'ha semblat veure-la. L'havia temut a les nits anunciada pel cant de l'òliba. M'havia desvetllat llançant-me l'alè a la cara. Gelada, m'havia aterrit.

Avui, dia plujós, boirina fina, he volgut perdre'm pels camps, he desitjat la por infantil, he desitjat la teva mà de mare. He desitjat una veu que em digués, no tinguis por.

I aleshores ha estat quan l'he vista: l'ombra del teu fantasma.

DE L'ALTRA BANDA DE L'OCEÀ

Engego la tele. Passo d'un canal a l'altre, impacient, com sempre. M'aturo en una pel·lícula en blanc i negre, del vell Hollywood, amb els personatges vestits de festa, les dones amb roba de lamé, els homes amb esmòquing. Els gestos sorprenentment moderns, els riures francs i seductors. No els conec, aquests actors.

La Marina els hauria reconegut de seguida, els actors i les actrius, hauria dit immediatament el títol de la pel·lícula, i per descomptat n'hauria recordat l'argument. I mentre l'hauria anat resumint, de vegades amb un excés de detall, hauria fet uns gestos, espontanis —alçar les celles i els ulls, passar-se l'índex suaument per la templa— que deixarien entreveure el plaer de la rememoració, el regust que li havia deixat la pel·lícula. Gestos que donaven a entendre també la mesura del pas del temps; aquells actors ja no existeixen, aquells gestos tampoc. Són gestos que ara s'han deixat de fer, gestos de gent antiga, gestos, per tant, d'espectres. Tot anacrònic, però no per això obsolet. Aquella modernor de les actuacions donava als fotogrames un aire d'utopia futurista. Les actrius, els actors, es veien avançats a la seva època.

De sobte, la pel·lícula que estic mirant, les veus dels

personatges que es parlen en un anglès desimbolt, deixa de ser una pel·lícula i es converteix en un món: el món de la Marina, aquell petit univers que havia creat a través del seu amor pel cinema. No era el món especialitzat de la cinefília, sinó el món apassionat d'una espectadora que n'havia vist centenars, de pel·lícules, cada setmana almenys quatre —els cines tenien sessió doble—. La Marina estava atenta als actors, a les seves modulacions, als seus trets físics, també a la música, a l'agosarament de la trama, en un país on tot havia de ser, per norma, pudorós.

L'amor al cinema, per aquelles persones que viuen de trascantó a l'època que els ha tocat viure, representa la possibilitat d'experimentar per persona interposada un món, si no de somnis, com a mínim millor que el seu. Per a molts homes, i especialment per a moltes dones, entre elles la Marina, el cinema no era només l'ocasió d'imaginar-se vivint en un ambient de luxe, sinó d'assolir una vida tal com l'haurien volgut viure, amb homes plens de miraments, i amb dones valentes, que es juren no passar mai més gana. Potser per això la Marina s'havia sentit atreta pel cinema, i per la possibilitat de dedicar-s'hi, ni que fos de manera marginal.

A la Marina l'enervaven les actrius que feien de bleda, admirava les que tenien caràcters canviants i imprevistos —encarnats sobretot per les actrius nord-americanes, i més tard per les italianes—. Li agradaven les orgulloses, les que es procuraven la seva salvació —perquè era del que es tractava quan eres dona i volies ser independent—. Les que no se sentien culpables de gairebé res, però conservaven en el seu cor un aire de noblesa i lleialtat —potser per algú, o per alguna idea.

Aquesta vella pel·lícula és, ara, un món que et pertany al complet.

No, no hi ha res de lògic en la mort. Tampoc en la vida. Però les morts són sempre desconcertants, fins i tot les previsibles, i potser també les desitjades. Obren una cita amb el passat que nosaltres ni sabíem que ens era reservada. Aleshores és quan s'experimenta de manera implacable les infinites possibilitats de tots els actes que haurien pogut venir a substituir el que ja està fet.

Em deixo endur per les imatges d'aquest film al qual li trec el so. Una pel·lícula tota d'ectoplasmes.

EL BÀLSAM DE L'OBLIT

> Ells allargaren les mans a les menges allí preparades. Però Helena, nascuda de Zeus, pensà una altra cosa: els va vessar una droga, en la gerra de vi d'on bevien, que fa oblidar tots els mals i és remei del dolor i la ira.
>
> *Odissea*, Cant IV

Un any després de la mort de la Marina, tornant del Canadà, vaig anar a dinar al Far de Sant Sebastià. Em van donar una taula davant per davant d'una paret on hi havia penjada una fotografia antiga. Em vaig aixecar per mirar-la. Reproduïa la volta blanca i les escales interiors de l'establiment, i l'havien col·locada de manera apropiada a tocar de la volta i de les escales originals on havien pres la fotografia ara feia més de cinc dècades. Jo acabava de passar pel costat d'aquelles escales, que començaven en un pati interior, per arribar a la taula, però no va ser fins que vaig mirar la fotografia que em va venir com un llampec el record d'haver estat en aquell lloc molts anys abans, en una altra època.

I em va venir a la pell la fredor de la pedra d'aquell pati oferint-nos la fresca de l'ombra després d'un dia de platja.

I vaig veure la palmera, i les escales amples i la gran volta que em feia una mica de basarda no sé ben bé per què.

A la capsa de fotografies desordenades que guardava la Marina, havia vist, no feia gaire, la fotografia que algú ens havia fet a totes dues en aquell mateix lloc. S'hi veia una dona d'uns trenta anys en pantaló curt, i una nena d'uns cinc, també en pantalons curts i un barret de palla que li cau de gairell. No s'agafen, la nena està situada uns centímetres davant de la mare, mirant a càmera. La mare s'aguanta amb una mà una jaqueta fina d'estiu que duu tirada a les espatlles i mig somriu. La nena no sembla tenir fred. Estan juntes però hi ha alguna cosa invisible que no les acaba d'unir. Podrien ser dues persones que s'han trobat al carrer i han decidit demanar-li a algú que els faci una foto en aquella terrassa interior d'un edifici arran de mar, a mitjans dels anys seixanta. La Marina i jo fotografiades sota la volta d'aquell pati blanc.

Vaig començar a menjar lleugerament estabornida. Durant tot el dinar vaig notar una nosa a la gola, i quan va arribar el moment de demanar les postres no em va sortir la veu. Durant setmanes, vaig viure en un silenci total. La gent no em podia trucar per telèfon perquè jo no podia respondre. I en presència, feia perdre la paciència de tothom.

Aquells dies vaig intentar relacionar la pèrdua de veu amb aquella fotografia que ara prenia el valor d'una imatge pantalla que representava la meva infantesa. Sostreta de la veu, m'havia quedat amb la boca oberta i els ulls esbatanats, imitant el meu primer amor infantil, el ciclop de la forja. A les nits, la meva gola produïa sons que em despertaven, com si m'hagués convertit en una gàrgola plena d'aigua.

Al llarg d'aquelles setmanes que van anar acompanyades d'una disminució de moviment, vaig prendre la decisió que, un cop a Toronto, m'estaria uns anys sense tornar a Barcelona. M'adonava que, d'ençà de la mort de la Marina, la ciutat s'havia tornat, ella també, totalment silenciosa. I que els meus records s'hi anaven fonent en negre com passa a les pel·lícules mudes. Es tractava, potser, de repetir la decisió que havia pres d'adolescent: retirar-me del món, que era, fet i fet, retirar-me de Barcelona, un lloc massa impregnat de la mare.

Aquell estiu me'n vaig anar de Barcelona sense acomiadar-me de ningú. A l'avió que em portava a la ciutat on vivia vaig ser feliç suspesa en una indeterminació espacial que hauria volgut eterna. Llançava el llast, m'acomiadava de la ciutat. I encara que jo havia calculat l'absència en uns anys, potser per sentir-me menys culpable, alguna cosa en mi desitjava no tornar mai més.

Durant els set anys que van seguir vaig procurar mantenir tan poc contacte amb Barcelona com em va ser possible. La gent em va començar a ignorar; alguns consideraven la meva absència com un gest de menyspreu, d'altres senzillament van iniciar el procés natural d'oblidar-me. El meu pla va reeixir, havia desaparegut d'aquella ciutat sense deixar cap buit. Ningú no m'hi esperava. Jo tampoc hi volia ser.

Vaig impregnar-me del meu entorn canadenc. Quan parlava amb algú en català, pronunciava algunes consonants a l'anglesa. Quan parlava en anglès, hi havia qui em feia francòfona. Estava aconseguint, doncs, la transmutació perfecta. Com més estrangera em feia de la meva ciutat, més identificada estava amb allò tan il·lusori que en diem «una mateixa». De petita solia dir-me que el fet que jo hagués nascut a Barcelona es devia a una casualitat constituïda simplement per raó que un cos, el de la meva mare, es trobés allà en el moment de parir-me. Un petit desplaçament, una mica amunt, o camí avall, m'hauria fet néixer en una altra ciutat, o fins i tot en un altre país. Podria molt bé haver nascut a París. Cap lloc no et donava l'essència, sinó que, ras i curt, acompanyava l'existència. Per més rudimentari que fos aquest pensament, hi havia la llavor d'un desig radical de separació. Si no fos la meva mare, em deia quan me la quedava mirant, seria simplement una dona com tantes altres. La mare, passava doncs a ser simplement «dona», i Barcelona una ciutat entre tantes altres.

Van ser set anys en què em vaig sentir adoptada per un món que, tot i no acabar d'entendre, m'acceptava. Em sentia lliure, amb un passat molt prim, desconegut de tothom, sense nostàlgia.

Tot i així, el dolor de la mà esquerra persistia a les nits, quan el meu cos reposava. Era la bestiola rebel, la marca d'una cicatriu foliar, una escarificació, un queloide.

Un dia de setembre de fa dos anys, quan diuen que la boira no és tan persistent, vaig sortir d'hora de matí per anar a Niàgara. Devia ser un dia com aquell, de sol feble, però aire temperat que, segons la llegenda iroquesa, l'endolada Lelawala, entristida per la pèrdua del seu amat, es va distreure i va trobar-se amb el seu caiac a punt d'estimbar-se per la gran cascada. Però a l'instant, Heno, el deu del tro que viu rere la immensa cortina d'aigua, es va compadir de la noia i la va salvar.

Lelawala es va quedar a viure amb la família d'Heno,

en els esvorancs humits protegits de l'aigua. Va aprendre a reconèixer la gran serp que viu entre el riu i el salt d'aigua i cada vegada que s'albirava un perill avisava els habitants de la seva pròpia tribu. Els dies de boira baixa encara es pot veure la punta de la cua de la serp, llarga, immensa i gruixuda, que amaga el cap a molts metres de fondària.

Les cascades del Niàgara cauen a una velocitat de quaranta quilòmetres per hora i produeixen un soroll de noranta-cinc decibels. A la nit, el so es pot sentir a quaranta-cinc quilòmetres de distància, i també es pot veure la bromera que aixeca la seva caiguda. Els indígenes saben que com més clar se sent el so, més segur és que vingui el mal temps. Avui, aquest so, i aquestes cascades que s'il·luminen a la nit, són el teló de fons de moltes nits de noces passades en les desenes d'hotels que les envolten.

Fa cinquanta anys, el juny del 1969, una comissió formada per canadencs i estatunidencs va decidir assecar les cascades durant cinc mesos per poder estudiar-ne la geologia i prevenir-ne l'excessiva erosió. Amb el talús sec, i per tant amb el paisatge emmudit, els enginyers feien la seva tasca com qui es mou per un paisatge lunar. Al que era el fons del riu hi van trobar milions de monedes que els turistes llancen desitjant que el gest els dugui bona sort. També hi van trobar dos cadàvers, una xifra extremament baixa, ja que se suposa que s'hi cometen uns trenta suïcidis l'any.

Hi ha qui ha estudiat en el lloc mateix aquesta estranya sensació que provoquen les altures, un revers del vertigen, una força que empeny a saltar, amplificada aquí per la gran velocitat que porta el cabal d'aigua en la seva davallada. Es diu que Marilyn Monroe, durant el rodatge de *Niagara*, va ser presa dues vegades d'aquest impuls de llançar-se al buit.

Tot i el fet que les cascades siguin un lloc poblat de turistes, quan s'hi està a tocar no es pot evitar sentir una atracció a la contemplació semblant a la que se sent quan contemplem el foc. Hi ha gent que, en solitari o en grup, es queda llargues estones mirant aquest magnífic salt, de la mateixa manera que devia hipnotitzar els primers habitants d'aquesta terra, ara fa dotze mil anys.

Jo també em vaig quedar hipnotitzada, agafada a la barana aquell dia de setembre del setè any de la meva absència de Barcelona. En aquell moment vaig sentir la mateixa radical llibertat que sento als aeroports abans d'enlairar-me. Aleshores em vaig mirar la mà esquerra i vaig treure'm l'anell de la Marina, que duia al dit del mig. La serp de la volta, amb la boca oberta, aquella que la Marina havia comprat a Grècia, i que ensenya uns queixals diminuts d'argent. I la vaig llançar al gran bassal ferotge que fan les cascades quan topen amb el riu, amb força, allà on tants altres turistes llançarien aquell mateix dia la seva moneda petita tot desitjant que els dugués bona sort. *Goodbye mother*, vaig dir.

I em vaig sentir la mà esquerra oberta, lleugera.

ELLA

A *Infelicitat perfecta*, Peter Handke reflexiona sobre la improbable possibilitat de representar la seva mare a través de l'escriptura. Una dona amb una existència sense alts i baixos tot i haver viscut en una època convulsa, i que un dia va decidir suïcidar-se perquè ha arribat a la conclusió que ha deixat de ser una persona. Handke procedeix amb extrema finesa i, sembla, amb gran sinceritat quan es confronta a la tasca d'escriure i, per tant, al fet de convertir la seva mare en personatge. Les abstraccions, i fins i tot les anècdotes, no són prou per aconseguir l'equilibri delicat i necessari perquè l'escriptura doni compte tant de la la persona com del seu enigma.

Jutjar, potser, si és necessari. Tot plegat, ¿no deu ser una manera de justificar la complexitat de sentiments que emergeixen quan els fills i les filles intentem «escriure la mare»? La culpa per damunt de tot, i també la vergonya. I, en canvi, l'escriptura ens serveix d'àncora per entendre, una mena de terra ferma quan s'ha perdut l'orientació i s'han esgarriat molts camins. Entendre també allò que mentre estàvem en el cor de l'experiència no vam saber explicar-nos. Finalment, acceptar que amb la mort de la mare mor alhora la possibilitat, ni que sigui fantasiosa, d'accedir al seu enigma.

Paradoxalment, quan les vides de les mares no són glorioses, com és el cas de la mare de Handke i el de la meva, les seves existències se'ns fan encara més impenetrables. Contràriament al que passa amb la vida de molts homes, que tot i tenir existències modestes, pel sol fet de tenir una vida social, encara que reduïda, ja semblen donar opcions a la narració, l'existència de les dones, sobretot quan s'han dedicat a la casa i els fills, es resisteix a ser narrada. La casa és l'espai reduït dels pensaments, les obsessions, on s'enquisten totes les pors. Un laboratori on es cou el bo i el dolent d'una mateixa. La casa del terror on ningú no entra.

De totes les fotografies que tinc de la Marina, m'agradaria ser capaç de guardar-ne només una. Una que la resumís, de la mateixa manera que ella va voler aquell dia que va cridar un fotògraf perquè ens retratés a totes dues davant d'un mirall perquè la fotografia resultant pogués sintetitzar alguna cosa d'una relació que tant a ella com a mi se'ns escapava.

El seu va ser un intent d'addició, es tractava de trobar alguna cosa, el meu és un intent de subtracció, es tracta d'oblidar. Oblidar el que potser hi ha, superar la mandra que em fa encarar-me amb el passat.

No tenir descendència significa, entre moltes coses, estroncar la circulació dels objectes que considerem personals. Uns objectes que, quan hem arribat a certa edat, ja veiem que estan destinats a les deixalles. La seva contemplació ja no ens aporta plaer, la seva conservació ens és inútil. També es pot optar per trobar la manera que pervisquin més enllà del cercle estantís i privat: una botiga de roba vella, un brocanter, un regal a una persona jove.

M'agradaria fer aquest esforç d'abstracció i quedar-me amb una fotografia que pogués resumir el teu misteri, les teves contradiccions, els teus moments de crueltat i els de tendresa. Els moments de joia, només teva. Com en la fotografia en què se't veu compartint una taula de restaurant amb amics, i tu, amb una preciosa camisa sense mànigues, amb les solapes del coll alçades i un collaret entrellaçat, tu que rius, la cabellera recollida, el cabell pentinat enrere. Rius l'estiu, rius la teva joventut, rius la teva modernitat, l'única de tots que gosa recolzar els braços a la taula ben oberts, omplint l'espai, com ho feien les actrius de cinema d'una època passada. Una fotografia que resumís, a més a més, el sentiment d'esfondrament que devies sentir en comprovar, a mesura que passaven els anys, que no t'era possible realitzar cap dels teus projectes, «S'han acabat els temps i els somnis», llevat d'un, estar al costat d'un home que et va ser fidel i que va creure que amb tu tampoc no estava sol. ¿A quin preu vau pagar cadascun de vosaltres aquest amor?

M'encasto els auriculars: «*I fall with you, times and dreams are over...*», sí, jo també caic igual que ho vas fer tu, el temps i els somnis s'han esvanit. Camino cada vespre amb els airpods a tot volum, després d'escriure. Agafo carrers costeruts d'Horta, cap a la Font d'en Fargues, Montbau, el Parc del Laberint.

La Marina va tenir un amic que no era ballador, ella que es delia per ballar, que la feia riure però potser no la feia fondre. Fondre's... Ell m'havia dit que li feia venir vertigen dormir al seu costat, que se sentia xuclat per ella. És en aquest espai petit i limitat, els centímetres que separen dos cossos en un llit, que es juga de vegades l'amor. I, alternadament, la salvació és per a un el que per a l'altre és l'abisme.

Molts anys vaig envejar aquest amor estrany, i llarg i incombustible. I em sembla que és en el misteri d'aquest amor que he de buscar la brúixola que m'orienti per trobar la imatge que et podrà resumir després quan, amb l'escriptura, els diables m'hauran obert algunes portes.

Tinc a les orelles la veu de Jérôme Amandi que va repetint la mateixa estrofa, «*A breath feels my skin, A thrill burnt into my blood, The mirror reflecting all my fear, I fall with you...*». I escolto la cançó sense parar, dues, tres, deu, i tantes vegades.

Alguna cosa de tu hi ha en aquesta música lenta, sinistra, en aquesta veu melodiosa, i en aquestes paraules terribles que m'estremeixen l'espinada. Potser simplement és que estic trobant la manera de deixar-te anar, de deixar de furgar en allò incomprensible que vas ser.

VOSALTRES, LES MEVES DONES

Vosaltres, les dones admirades de la meva infància, adorades a l'adolescència. Vosaltres, dones que heu poblat el meu imaginari, dones fictícies, dones de novel·la, dones fortes, dones de foc, aus calentes, salamandres.

També vosaltres, les meves dones de carn. Dones de mirada llunyana, de veu greu, de paraules contundents i segures. Dones acostumades a fer callar, a callar-me. Condescendents, dones espines, dones ventosa.

Vosaltres que sempre teniu a punt la mofa, que us heu burlat de la meva candidesa, dels meus amors, dels meus vestits, dels meus cabells, que fins i tot us ha fet nosa el meu riure, el meu cos. La meva timidesa. Que heu cregut veure en el meu silenci la meva feblesa. Que hauríeu volgut tenir-me com un gos. Que fins i tot gos us hauria fet nosa.

Vosaltres que heu barrat la meva relació amb altres dones, dones menys rutilants, tot i ser més lluminoses. Dones que em donaven la mà, que se'm creuaven per camins, exactament tal com passa en els contes. Dones amables a qui jo traïa en un intent de ser com vosaltres —mai, però, he arribat a ser com vosaltres.

Vosaltres, encantadores de serps, teniu totes un aire de família, infligiu una violència coneguda, un dolor habitual.

Dones que m'heu fet caminar corbada, a cada violència, un dol. Dones que ni em recordeu quan després d'anys ens trobem intempestivament pel carrer, per Facebook.

Dones que m'heu fet buscar en els homes una part de vosaltres, com si us repetíssiu en els cossos dels amants. En cada una de vosaltres hi viu una rèplica de la bèstia.

El camí ha estat lent: aprendre que el dolor no és l'amor, sinó pla i net la seva absència.

Avui, a punt de posar el punt final a aquesta escriptura, m'ha semblat veure-us, per fi, fent filera, en aquest paisatge de tardor, pels camins dels boscos de la Selva. Fa anys va ser ella, avui sou vosaltres, una darrere l'altra, que passeu com espectres, vaporoses, grises, desdibuixades, brutes com un esbós al carbonet. Camineu sense tocar el terra, us confoneu amb la bromera, amb el baf que desprenen les aigües calentes que brollen de la terra.

Aquesta nit sortiré a fer un tomb. Sola. Diuen que plourà. Per fi m'asseuré al bell mig del camí. Sense por de les panteres. I vosaltres, totes, desapareixereu per sempre.

I em creuré que no he nascut de ningú.

III

EL TEMPS DE COMPRENDRE

TATUATGE

Escrius fora de la ciutat, en un lloc a tocar d'un monestir, prop del bosc.

Has d'anar fent pauses. T'apartes de l'escriptura. El terra de la gran balconada és ple de petits escuts marrons, exemplars de *Palomena prasina*, una mena d'escarabats pudents carregats de suc de cianur.

Treballes davant d'uns immensos finestrals que t'ofereixen una cortina de verd a banda i banda. Densa, no s'hi veuen espais buits. Tant és així que l'efecte òptic que produeix és el de tenir les capçades dels arbres encastats als vidres. No veus el carrer. Però el sents. De tant en tant cotxes, les converses en veu alta dels ciclistes. Nens i nenes que surten de l'escola i criden. Són com orenetes, deia la Marina quan sentia els crits aguts dels infants que jugaven al pati de l'escola del davant de casa.

Són com orenetes, recordar aquesta frase et commou. Ahir vas veure un altre grup d'infants entrant en fila índia al museu on col·labores des de fa dos mesos i li vas dir el mateix a la directora, mira, semblen ocellets, i ella et va dir que sí, és veritat, i li vas veure els ulls riallers per damunt de la mascareta.

Penses que si la Marina era capaç de veure ocells, els

més tendres de tota la primavera, els més emblemàtics de la teva ciutat, en els crits dels infants, probablement també havia estat capaç de veure en tu alguna cosa que li inspirés dolcesa. Però no n'estàs segura. I a la teva edat, et fa vergonya fins i tot estar-t'ho preguntant. ¿Què pot importar l'amor d'una mare quan és morta, i quan una filla passa ja dels cinquanta?

Amor d'una mare, amor de mare. Vells tatuatges dels mariners, dels presoners, dels homes de l'hampa, *Amor de madre*, *Mother*, o el millor, *Mon coeur à ma mère*, *ma tête à Deibler*, *mon fric aux putains*, sobretot quan sabem que Antoine Deibler era un botxí francès.

No sembla haver-hi hagut a Occident, almenys fins ara, una tradició femenina de tatuatges per confirmar i, a la vegada, assegurar la fidelitat de l'amor a la mare. És més aviat cosa de mascles fer evident aquest amor. La tinta i el dolor per recordar que pertanyen a la mare. El cor, a la mare; la resta del cos, al diable i al món.

Preguntar-te per l'amor a la mare et sembla, sí, ridícul. I en canvi no ho pots evitar.

Cada nit amaga una sorpresa. Com en els contes. Des que ets en aquesta casa que t'han prestat durant unes setmanes, et despertes novament en el pic de la matinada presa de por. Terror nocturn. El teu cos oblida l'edat que tens, i tornes a ser la nena espantada que es desperta atemorida al pic de la nit. Només el retall de la finestra que deixa entrar el gris de la nit et fa veure que aquella no és la teva cambra. Aquí no es fa negra del tot, la nit, i això et calma.

Aquesta nit has sentit novament por, torna des de fa dies, i el cor et batega tan fort que et redobla la por pensant que potser tindràs un atac. T'ha costat bastant acostumar-te a la llum groga del carrer que les persianes no aconsegueixen esmorteir. I avui, que un tall de corrent ha deixat el camí fosc, no has pogut dormir bé intentant esbrinar què deu haver passat. Probablement t'ha vingut a la ment alguna història de terror que et vols espolsar perquè també et fa vergonya. Vergonya de no poder treure't la teva mare del cap, vergonya de deixar-te influenciar per contes infantils. Amb tot, per alimentar la por, per nodrir-la d'històries alienes, et poses a llegir Lovecraft, i després, de matinada, tornes a l'escriptura. De tant en tant t'atures per escombrar els bernats que jeuen a terra morts, o cap per amunt en la seva torpor. Ja no saps on posar-te per acabar. Per acabar d'escriure, per acabar de pensar en ella. Per acabar.

Llegeixes no saps on que Marinette és l'anagrama de Maternité.

La relació d'una filla amb la mare, fins i tot després que la mare hagi mort, es va modificant, pot eixamplar-se, pot acabar-se del tot. I és que la mare habita en una sense que hi tingui dret a residència.

Aquesta escriptura, ¿és, doncs, una manera de desempallegar-me de l'hàbit matern? Un hàbit: un vestit que s'arrapa al cos obligant-nos a moure'l com si fos una nina mecànica. Un costum. *Habitare*, ocupar un lloc. ¿Quina de les dues és el lloc? ¿La mare, la filla? ¿Quina de les dues l'habita? ¿És una fugida d'habitatge, aquesta escriptura? ¿Una manera de furgar sota la disfressa? ¿Un intent de des-habitar?

Deshabitar, quina embriaguesa.

Durant els últims mesos, el cos se se m'ha anat transformant: l'espinada busca nous angles, les galtes s'afinen, els dits, la panxa i les cames. Els pits. Fins i tot les dents. M'aproximo a la meva nova imatge amb una certa curiositat. Desentumir els músculs. Estic aprenent a deshabitar-te.

¿El teu cos és un fantasma per al meu ?

Ingmar Bergman fa dir a Liv Ullmann, mentre Ingrid Bergman se l'escolta horroritzada:

«Una mare i una filla, quina absurda combinació de sentiments, confusió i destrucció. No ho entendré mai. Tot és possible, i tot es fa en nom de l'amor i per l'amor... els pecats de la mare els ha de pagar la filla, les frustracions de la mare passaran a la filla, les desil·lusions de la mare les patirà la filla, és com si mai no s'hagués tallat el cordó umbilical [...] ¿Ha de ser així? ¿La desgràcia de la filla és el triomf de la mare? ¿El meu dolor és la seva alegria secreta?».

Delphine de Vigan utilitza, a *Res no s'oposa a la nit*, l'expressió *écrire ma mère* per indicar la impossibilitat d'escriure «sobre» la mare. La mare l'escrius, et surt dels dits, s'allargassa en tu, l'exorcitzes o la metabolitzes (¿matabolitzes?). El cos de la mare, escriu Christine Angot a *Un amor impossible*, la més vella de les coneixences.

¿Com ho podem fer per convertir-nos en objecte del nostre propi laboratori, saber destriar el jo del tu, com quan s'aprèn per primera vegada una llengua?

Treure's la mare, expulsar-la. Dissoldre la fusió. Encarar-se a l'existència minimitzant el destí fortuït que ens ha proporcionat el mateix cos biològic.

Gradualment, durant l'escriptura, et sembla, sí, que ho has aconseguit. El martiri de sentir que tenia parts del teu cos idèntiques s'ha anat esvanint. Al carrer, et fa l'efecte que la gent et mira els ulls encuriosida, únic element rellevant que deixa lliure la mascareta. Com si fossis un animal nou i rar. ¿Què entreveuen en la teva mirada?

Potser has aconseguit expirar la lletra. Escriure per respirar. Per deixar-te anar, una possibilitat de comprendre.

LET IT GO

> Every time I want to write, I want to write a love story. But as soon as I pick up the pen I'm overcome by horror.
>
> MARGARITA KARAPANOU, *Rien ne va plus*

Acabo l'escriptura, la deixo reposar uns mesos. Passat aquest temps rellegeixo aquest text convençuda que no l'he de modificar; no hi ha res a afegir ni res a treure. Un text al qual, de fet, em costa retornar precisament perquè no vull deixar-me portar pel desig de canviar-lo.

Hi ha textos, potser perquè surten de llocs d'accés difícil, que es resisteixen a la relectura. Són per damunt de tot objectes que s'han fet escriptura. Estan delimitats per uns llindars que semblen inamovibles i per això demostren resistència als canvis. Pertanyen a la foscúria que cadascun de nosaltres carrega; al capdavall, una massa informe de la qual costa desprendre's. És aquella cosa que desafia tota regla perceptiva d'estil (¿és que potser no ens han dit sempre d'evitar la paraula *cosa* i recórrer, per contra, al rigor de la descripció? ¿No ens han encoratjat, fins i tot insistit, a fer l'esforç intel·lectual per poder posar en paraules precisament «la cosa»?).

Fa l'efecte, però, que les normes hagin estat establertes per estalviar-nos el vertigen del buit i, per damunt de tot, per no haver d'admetre la incapacitat del llenguatge a l'hora d'abordar les causes perdudes dels forats negres que ens habiten.

Un text, doncs, pot esdevenir objecte quan ell, tot sencer, ha aconseguit arribar a circumdar les vores d'un buit i fer que d'ell en sorgeixin paraules. Un cop es té la sensació que s'ha pogut fer això, que s'ha pogut fer com fa el passejant que s'atura a la sorra de la platja i amb una branca hi dibuixa una circumferència, amb plena consciència de la poca durabilitat de l'empremta, podem dir que hem arribat a posar el punt final.

El fet de no voler rellegir un text propi deu ser semblant a la negativa de l'artesà a redreçar la gerra que li ha quedat una mica esguerrada. No és mandra, sinó la necessitat de retre homenatge al temps únic que ha fet possible l'objecte. Un temps, per tant, contrari a la repetició. Impedir-nos la relectura no és pas sacralitzar el text sinó doblegar-nos al temps. El temps d'haver abordat l'intangible i per tant sempre a mig camí entre la realitat i la imaginació.

Lâche prise, *let it go*. Expressions que remeten a la necessitat de deixar anar alguna cosa que ens esclavitza. Deixa't anar, com en una classe de meditació.

Shavasana. Shavasana és la postura de ioga més important de totes i normalment es reserva al final de les sessions. *Shava* vol dir 'cadàver' en sànscrit. Es considera, probablement amb raó, que és la posició més difícil d'assolir perquè és la vida la que s'ha de deixar anar per aconseguir imitar la mort. Si bé la forma externa és d'una gran senzillesa —amb el cos estirat panxa enlaire, les cames lleugerament separades i els palmells girats cap amunt—, el que cal és una relaxació muscular que ajudi a alliberar la consciència. El repte, un cop arribats a la gran relaxació, és lluitar contra la son.

Qui aconsegueix fer uns bons shavasanes sap que s'experimenta un estat de semiconsciència en què la ment està extremament assossegada però alhora prou desperta per evitar que ens adormim. En aquest estat res de l'exterior importa —de fet, se'n té poca consciència en aquell moment— alhora que els estímuls físics disminueixen notablement (els malestars s'han dominat, no se sent el fred ni la calor ambient, no hi ha cap part del cos que provoqui cap molèstia, ni rampa, ni picor. Assolir la bona Shavasana no és un acte místic, sinó la consecució d'haver trencat la resistència de la ment a la relaxació).

Shavasana és la rendició, *let it go*. La postura que busca, més que no pas imitar la mort, aproximar-se a l'estat previ, el camí que duu cap a ella.

No sé si m'hauria agradat escriure una història d'amor.

Escriure haurà tingut la finalitat d'inscriure una part de la meva vida que no tinc clar d'haver viscut. El pas dels anys, l'absència de testimonis, fan que de vegades pensi que tot ha estat fruit de la meva imaginació.

¿Què tinc a mà per saber que has existit? Tot plegat, poca cosa: un anell, unes fotografies, un jersei brodat que no et tapava el cos sinó que te'l ressaltava. No l'he rentat mai. Encara conserva la teva olor. Un fenomen químic que amb els anys no ha deixat de semblar-me remarcable. L'ensumo. És ben cert que és la teva olor. Una olor molt dolça amb un regust àcid. T'agradaven els perfums. Ara n'oloro les notes que tu mateixa em vas ensenyar a discernir. Rere de totes, aquella olor que feia el teu armari, i que devia ser l'olor de la teva pell. Unes molècules que conserven part del teu cos, doncs. Una sensació pertorbadora.

Em vas transmetre pocs sabers; cap dels quals tenia a veure amb aquells en què tu havies excel·lit: ni cosir, ni cuinar. Com si haguessis volgut apartar-me del món dels coneixements atribuïts a les dones. Jo havia d'anar més lluny, molt més del que t'havien limitat les teves professions. Havia de seguir el model de les teves actrius preferides del cinema nord-americà. Les valentes, les que no depenen de cap home ni de ningú.

T'havies negat sempre, tot i els meus precs de preadolescent abduïda pel que havia vist als dormitoris de les meves amigues, a comprar-me un moble tocador. Vas preferir, per contra, comprar-me un escriptori amb els seus calaixets per guardar-hi els papers, els quaderns i els bolígrafs. Un aniversari em vas regalar un diari de tapes austeres —res de color rosa, ni de floretes—, que em va servir per escriure'm, per escriure't. No fa gaire el vaig trobar, miraculosament salvat. El vaig encetar amb una frase —em fa mandra comprovar-la, i tampoc no estic segura de voler-la trobar— que deia més o menys això, però en el castellà prescriptiu de l'època: «Avui la meva mare ha tingut un mal dia, i s'ha tancat a la seva habitació per plorar».

Una sola vegada en la meva infància preadolescent vas llegir el que jo havia escrit. Recordo vagament un conte sobre nines, una mica inquietant, potser un dol camuflat de comiat d'infantesa. Et vas sorprendre. Em vas dir que era molt bo. Després, tot va passar com enmig d'un núvol. Anys que es van escolar. Una gran distància entre tu i jo. Dolorosa, enervant, pertorbadora.

Let it go

Un dia, venint del Canadà, et vaig portar una cassette de k.d.lang. Et vaig posar la cançó «Barefoot», que en escoltar-la juntes se'm va fer més evident encara que es tractava d'una cançó d'amor.

La cançó, una balada en què a cada tornada la veu de k.d.lang imita l'udol d'un llop, no et va suscitar cap interès. I jo vaig avergonyir-me de la carta d'amor que t'acabava de fer sentir.

Let it go

Ho deixaré anar tot.

Faré els possibles per oblidar.

Quan recordi em diré que ho he inventat.

Si les amigues em pregunten els diré que és un conte.

Si els amics em diuen que si és veritat, els ensenyaré els dits, tots sencers de les dues mans.

Ho oblidaré tot, però abans em quedaré amb això:

L'última imatge teva que recordo —probablement poc acurada, refeta a partir de retalls de totes les imatges que guardo emmagatzemades al cervell, i de les quals m'esforço a sintetitzar-ne una—: el teu somriure una mica infantil, amb la mà a l'altura del front, amb els dits plegats, fent una mena d'adeu una mica desmanyotat però tot i així graciós, i dient-me *bye-bye*...

Tu i jo caminant plegades. Les avingudes grises i desolades, dues torres, la Fira de Mostres, el teu abric de pell, i la bossa plena dels prospectes dels firaires. Estava segura que en aquella ciutat grisa se m'hauria menjat el llop si no t'hagués tingut al costat, agafant-me la mà.

Les anades al capdamunt de les Galerias Preciados a veure el teatre de putxinel·lis i jo que em poso a plorar desesperada quan un comença a esbatussar l'altre. Aquella escena tan clàssica dels putxinel·lis d'abans i de sempre, no la vaig poder suportar. I et recordo trasbalsada agafant-me de nou la mà, sense saber ben bé què fer amb aquella nena teva, que plorava només de sentir el conte dels tres porquets.

Els matins de dissabte, que em llevaves a dos quarts de set per anar a la Boqueria i poder trobar el producte fresc i poca gent a les parades: els molls, el lluç, el rap, el besuc, les gambes i les galeres, els pèsols que després em faràs triar, les hortalisses... Jo m'arrossego de son de parada en parada, però tu m'ensenyes els noms de tota aquella mercaderia acolorida, en aquell lloc humit i poc acollidor, i el teu entusiasme em fa entendre'n el valor.

Les primeres anades als museus, el d'Història de Barcelona, on el guia, vestit d'uniforme i gorra, em fa preguntes de les quals sé la resposta però em fa vergonya contestar-les. —És vergonyosa, diràs per protegir-me d'aquell guia que vol fer-se el simpàtic i potser guanyar-se una mica de propina—. El Museu Picasso, el Museu d'Art Modern del parc de la Ciutadella. A cinc anys els coneixia tots. Havies tingut la necessitat de fer-me veure coses belles, les coses que a tu et feien oblidar un dolor teu que m'era enigmàtic però que sentia.

El nom dels ingredients que componien els teus perfums. Les notes dominants: la pruna, les baies silvestres, el coriandre, l'anís i el palissandre del Brasil. Al mig unes notes d'encens, de mel blanca, de canyella, d'opopònac, de clavell, de gessamí, de flor de taronger africana i de rosa; de fons la vainilla, l'ambre, el sàndal, el mesc, l'heliotropi, el vetiver i el cedre de Virgínia. Notes intenses que em vas ensenyar a distingir: el sàndal de l'ambre, el gessamí del taronger.

Els noms dels teixits, tan evocadors que em semblaven definir objectes que desconeixia: guipur, lamé, boucle, chenille, faille, peau de soie, piqué, damasc, charmeuse, velour.

Els llibres que llegies a les nits amb fervor escolar. I els que vam compartir, que eren pocs però que ens van trasbalsar: *La bona terra* de Pearl S. Buck, que vam llegir en castellà, *El quartet d'Alexandria* —tenies alguna cosa de Justine, a mi m'hauria agradat ser Clea.

Em quedo també amb la teva compassió pels fets injustos de la història (la persecució dels jueus, dels negres, dels gais i les lesbianes —en el vocabulari de l'època), i la ràbia. Me les quedo perquè no eren fruit d'una fàcil i còmoda commiseració, i perquè van servir per plantar una llavor.

Em quedo, en definitiva, amb aquella obrera que hauria pogut ser cosmopolita, si tantes coses no haguessin estat d'una altra manera. Un món que mereixia ser capgirat.

La resta, la deixo anar.

ÍNDEX

I
EL TEMPS D'UN CONTE

II
L'INSTANT DE L'OBLIT

III

EL TEMPS DE COMPRENDRE

43 ANYS D'HISTÒRIA

El Premi BBVA Sant Joan de literatura catalana, promogut per la Fundació Antigues Caixes Catalanes, amb el suport de BBVA, neix l'any 1981 com a iniciativa de l'obra social de Caixa Sabadell. El 2023, se n'ha convocat la 43a edició.

Aquest guardó es va crear en un moment que la literatura catalana vivia una empenta renovada pels nous temps històrics.

Obert inicialment a la novel·la, des de 1993 accepta totes les modalitats de la prosa literària. Amb independència de modes literàries i sense imperatius comercials, un jurat de plena solvència i rigor ha anat decidint, any rere any, un palmarès amb els millors autors de la literatura catalana i amb unes obres que han fet història. El resultat és un premi de renovada vitalitat, obert a la pluralitat de gèneres i amb una dotació de primera línia.

La Fundació Antigues Caixes Catalanes dona continuïtat al premi mantenint viva la finalitat que l'inspirà: fomentar l'escriptura i la lectura en català.

El Premi BBVA Sant Joan 2023 ha estat atorgat a Marta Marín-Dòmine.